Germaine LLODRA-MARCON



# Le soleil dans le lavoir

ROMAN

Éditions Jeanne-d'Arc
Le Puy-en-Velay

Photo de couverture :
Enfants à l'école primaire
en Auvergne dans
les années 50
(collection privée)

Toute ressemblance avec des personnes
vivantes ou disparues
ne serait que pure coïncidence.

A ma mère,

qui fut pour moi un
modèle d'amour,
de générosité, de patience,
d'infini courage,
d'authenticité...

Je souhaite vivement
qu'elle soit
aussi un exemple pour
toute ma descendance.

Montchaud,
Le 17 mars 2000.

# La naissance de la petite sœur

Par un bel après-midi de juillet 1947, Marie, trois ans et demi, pleurait désespérément au milieu du chemin, devant chez elle :

« Mama, mama, appelait-elle entre deux sanglots, regardant dans toutes les directions, si celle-ci n'arrivait pas.

– Pleure pas, ma petite, ta mère va revenir, elle est allée acheter une petite sœur au Puy », lui dit, en patois, la mémé, tout en essayant de la tirer par la main, pour la faire rentrer à la maison.

Mais le cœur de Marie était vraiment trop lourd, sa maman lui manquait énormément. Les larmes inondaient son petit visage, et rien ne semblait pouvoir les tarir.

« Thérèse, viens m'aider, moi je peux pas la porter, elle pèse comme un plomb! » appela la grand-mère.

La sœur aînée, âgée d'une quinzaine d'années à peine, accourut et prit l'enfant dans ses bras.

« Heureusement que nous sommes au mois de juillet et que la grande est en vacances, pensa tout bas la mémé, car je sais pas ce que j'en ferais de cette gamine, avec tous mes rhumatismes qui me coupent les bras et les jambes!

– Ne pleure pas, mon minou, je vais te donner une tartine de confiture d'airelles », lui promit alors la grande sœur.

Marie se calma enfin, et un beau sourire illumina son visage. D'un revers de main, sa sœur essuya les dernières larmes sur le visage poupin, et appliqua quelques poutous[1] retentissants sur ses joues rebondies.

Elles rentrèrent alors à la cuisine, suivies par la grand-mère claudicante. Cela tombait bien, c'était le milieu de l'après-midi, elles pourraient faire quatre heures.

La mémé posa sa canne, s'assit près de la table, et, chose rare, prit la petite Marie sur ses genoux. Cette dernière, pas habituée à ce genre de démonstration affective de la part de l'aïeule, en était tout intimidée et n'osait pas bouger.

La grande sœur sortit du vaisselier trois bols en faïence bise décorée de fleurs des champs, plus ou moins ébréchés. Puis, elle alla chercher le pot à lait qui était au frais à la cave. Elle en remplit aux trois quarts une casserole qu'elle déposa sur le fourneau en fonte noire, après avoir enlevé un ou deux ronds du dessus avec le pique-feu. Elle ajouta alors quelques épines de garnes[2] dans le foyer, se baissa et, en soufflant très fort, ranima les dernières braises qui couvaient depuis le repas de midi. Les flammes crépitèrent alors joyeusement et eurent tôt fait de tiédir le breuvage.

« Attrape la tablette de chocolat dans cette boîte, en haut du placard » ordonna la mémé, une fois n'est pas coutume !

Thérèse s'exécuta aussitôt, en pensant que la grand-mère n'était pas comme d'habitude ce jour-là. Elle en râpa un peu dans chaque bol, puis y versa le lait tiède.

Après s'être délectées d'un bon chocolat où elles avaient trempé d'épaisses tartines de pain bis et de confiture maison, la grande sœur essaya de distraire Marie en jouant avec elle. Elle fabriqua un porte-monnaie avec une boîte de sucre en carton vide. L'enfant y rangea ses trésors : quelques images trouvées dans les rares tablettes de chocolat Pupier ou Favarger que la mère achetait de temps en temps, une médaille en fer blanc représentant la Vierge de Lourdes et deux ou trois petites pièces de monnaie de dix ou vingt centimes trouées en leur centre.

Marie s'amusant enfin seule, Thérèse s'en alla chercher des pommes de terre, deux ou trois oignons à la cave, quelques feuilles de choux dans le jardin pour préparer la soupe du soir.

Elle en fit une grande pleine marmite car la famille comptait déjà cinq garçons et deux filles : Michel, Thérèse, Paul, Roger, Claude, Albert et Marie dont l'âge s'échelonnait respectivement de dix-sept ans à trois ans et demi.

Puis elle ajouta quelques bûches dans le foyer afin d'attiser le feu. Au bout d'un moment, une agréable odeur de légumes se répandit dans la pièce.

Pendant ce temps, la mémé, qui n'était pas habituée à rester sans rien faire, reprisait des chaussettes qui seraient les bienvenues en hiver.

Lorsque le père et les frères revinrent enfin des champs, tout le monde passa à table. Après avoir fait le signe de la croix sur la tourte de pain, le père en coupa de larges tranches qu'il distribua à chacun. Thérèse, remplaçant la mère de famille, versa la soupe dans les bols. Certains y ajoutèrent un peu de pain.

« Michel, fais-moi passer le litre de vin » ordonna le père au fils aîné qui obéit aussitôt.

Il en versa une rasade dans son écuelle et se régala du contenu. Il s'essuya alors d'un revers de main la moustache où quelques gouttes de potage étaient restées accrochées.

« Qui veut du lard ? » demanda-t-il alors à la ronde, tout en le sortant du grand tiroir de la table. Les deux fils aînés en prirent, les autres préférèrent quelques tranches de saucisson.

Le repas se termina par un morceau de fourme un peu bleutée par endroits, fabriquée par la maîtresse de maison. Quelques artisous[3] remuaient à la surface de la croûte un peu plus moelleuse que l'intérieur, attestant de la qualité du mets.

« Celui-ci ferait boire le canon, ajouta le père en souriant, tout en joignant le geste à la parole. Puis en se tournant vers Paul :

– Prends du chocolat, si tu veux ». Ce dernier n'aimant aucun produit laitier, avait droit à ce traitement de faveur.

Marie qui ressentait à nouveau cruellement l'absence de sa maman, recommença à pleurer.

« Viens, on ira se coucher toutes deux, et si tu es sage, je te raconterai une histoire » lui dit la grand-mère en la prenant par la main et en l'entraînant vers un placard de la cuisine. Elle en ouvrit les portes : le « lit clos » se cachait derrière.

Entre deux hoquets, Marie observait sa mémé qui se déshabillait. Elle enleva d'abord sa coiffe noire en tissu et dentelles. L'enfant était tout étonnée en constatant que la tête de l'aïeule était couverte d'une maigre poignée de cheveux blancs plutôt jaunâtres. Deux nattes fines, un peu plus foncées pendaient telles deux anses autour des oreilles.

La mémé quitta ensuite plusieurs jupes noires, longues et amples, autant de caracos boutonnés de bas en haut, de la même teinte, pour enfin apparaître toute menue en jupon. Elle enfila une longue chemise de nuit en toile grossière de lin, et cacha ses cheveux sous un bonnet de nuit blanc, attaché sous le menton. Marie avait peine à reconnaître sa grand-mère ainsi attifée, et en ouvrait la bouche de surprise.

L'enfant déshabillée à son tour, se glissa avec l'aïeule, dans les draps rugueux. La mémé tira la grosse couverture piquée, rouge et or, jusque sous leur menton. Comme promis, elle commença à lui raconter une histoire :

« Un jour, en revenant du marché d'Yssingeaux à pied, deux voisines trouvent un agneau égaré au bord de la route. Le croyant abandonné, l'une d'elles le prend dans ses bras. Mais voilà qu'il devient lourd, lourd, fait un pet, éclate de rire et disparaît comme par enchantement. C'était le lutin.

Une autre fois, une jeune fille ramasse une bobine de fil perdue au milieu du chemin. Arrivée chez elle, elle décide de l'employer pour s'en coudre une robe. Elle la mettra le dimanche pour aller danser... »

La voix de la grand-mère devint de plus en plus inaudible à mesure que les petits yeux de Marie se fermaient. Elle s'endormit, sans attendre la fin de l'histoire, blottie contre sa mémé.

Quelques jours après, Marie s'amusant dehors à la dînette avec des morceaux d'assiette cassée, un peu d'herbe et du sable, vit arriver ses parents au bout du chemin. Sa maman tenait délicatement un gros colis dans les bras. En arrivant devant l'enfant, elle se baissa, Marie lui sauta au cou et surprise, découvrit un tout petit bébé enroulé dans une couverture bleue. On rentra à la maison. Les frères et sœurs accoururent de toute part, accompagnés par quelques camarades. Tout le monde fit alors cercle autour du dernier né.

« Elle n'est pas plus grosse qu'un berbezi[4] plaisanta le père, ce qui fit rire toute l'assemblée. En effet, Josette pesait seulement deux kilos à sa naissance. Bezi lui est resté comme surnom pendant toute son enfance.

Les bras de sa maman n'étant plus disponibles, Marie s'accrocha à ses jupes et ne les lâcha pas de la soirée. Les voisins défilèrent les uns après les autres et ce fut à celui qui s'extasierait le plus sur la beauté du bébé.

« Ma queï zeinto, aquelle petito ! ( Mais qu'elle est jolie cette petite !) »

Cette phrase revenait souvent au grand dépit de Marie qui pour une fois, se voyait reléguée au second rang. En effet, jusqu'à présent, ce genre de compliment lui était réservé. Les femmes parlaient à mi-mots de choses mystérieuses qui échappaient à l'enfant.

« Viens Minou, dit maman à Marie pour lui faire voir qu'elle était toujours sa “gâtée”, on va changer le bébé et lui donner à manger. »

Maman l'emmena alors dans sa chambre et déposa le bébé sur le grand lit.

« Dis maman, elle en a des bras et des jambes, ma petite sœur ? demanda Marie intriguée de ne voir qu'une petite tête au-dessus d'un corps ficelé comme un saucisson.

– Mais bien sûr, mon Minou, tu vas voir », répondit maman, tout en déroulant la bande en toile et en enlevant les langes. Apparut alors une sorte de poupée aux membres graciles qui gigotaient dans tous les sens. Bezi se mit à pousser des cris aigus, tout en faisant maintes grimaces.

Marie n'avait jamais vu une chose pareille, et n'aurait pas pensé qu'un aussi petit bébé puisse crier si fort. Après l'avoir changé, maman lui donna à boire un biberon de lait. La fillette dévorait des yeux sa petite sœur qui tétait goulûment tout en souriant aux anges.

Enfin rassasiée, elle s'endormit dans les bras de maman, une dernière goutte de lait au coin des lèvres.

Les grands qui s'étaient approchés, étaient tout surpris, car jusqu'à présent, la mère les avait tous nourris au sein pendant plusieurs mois. Mais elle commençait à être âgée : elle avait plus de quarante ans et n'avait plus assez de lait pour ce faire.

« Je vais la coucher. Marie fais lui un petit poutou[1] si tu veux, mais ne la réveille pas ! ». Tout émue malgré elle, la fillette frôla de ses lèvres la peau soyeuse de sa petite sœur.

Elle sentit son cœur battre plus fort : c'était la voix du sang qui parlait.

La grande sœur prit le bébé des bras de sa mère et le posa délicatement dans le berceau en bois. Malgré toutes ces précautions, Bezi recommença à pleurnicher un peu. Thérèse actionna alors le berceau du bout du pied jusqu'à ce qu'elle dorme profondément.

A l'heure du souper, la grand-mère demanda :

« Il y avait beaucoup de monde dans le car ?

– Il était plein, répondit le père ; tous se sont levés pour venir voir le bébé sauf, bien entendu, Monsieur Deschêne qui n'a pas daigné se déplacer : on est pas assez bien pour ce gros richard ! D'ailleurs, je me demande bien pourquoi il était dans le car, sa voiture doit être en panne.

– Il oublie que sa fortune vient du côté de sa femme. Il a eu la chance d'être un très bel homme. A l'époque, ça avait fait du bruit : les parents de la fille le voulaient pas, mais les jeunes avaient mis la charrue avant les bœufs[5], alors ils ont bien été obligés d'accepter ! » conclut la grand-mère.

« Tu viens avec moi Marie, on va laver les langes de la petite sœur au lavoir » annonça la mère quelques jours après son arrivée de la maternité.

La fillette s'empressa de suivre sa maman, ravie de l'avoir tout à elle pendant un moment.

« Bouonzour Victorine, fa la buzado (Bonjour Victorine, tu fais la lessive?) dit la mère à la voisine qui était déjà installée au lavoir.

– Bouonzour Marie », répondit cette dernière à la maman de la fillette, car elle s'appelait également Marie tout comme la grand-mère, d'ailleurs. A l'époque, c'était ainsi, on portait le même prénom de mère en fille pendant des générations.

« Tu t'es bien remise de ton accouchement ? En fais pas trop tout de suite sinon tu risques d'en subir les conséquences plus tard ! Il faut te faire aider par ta belle-mère et ta grande, conseilla la Victorine.

– Elle font bien ce qu'elles peuvent, mais je peux pas tout leur laisser faire. Elles se fatiguent, elles aussi ! »

Pendant qu'elles papotaient tout en lavant leur linge, Marie admirait le soleil qui se reflétait au fond du lavoir.

« Si je pouvais l'attraper comme les têtards du bacha[6] ; ce serait drôlement bien », pensait Marie tout bas.

Elle se pencha alors pour essayer de le toucher. Les deux femmes continuaient à bavarder à qui mieux mieux. La fillette se penchait de plus en plus.

« Ça y est, je le tiens presque, pensa-t-elle. Mais tout à coup, plouf ! elle tomba la tête la première dans l'eau.

– Oh, cette gamine, elle me les fera toutes, il faut la surveiller comme le lait sur le feu, s'exclama la mère affolée, tout en la sortant de l'eau. Heureusement qu'il fait très chaud, sinon elle attraperait une pleurésie ! Bon, je laisse tout là et je vais vite la changer à la maison.

– Pars tranquille, va, je le surveille ton linge, et puis, y a pas des voleurs chez nous, c'est pas comme dans les grandes villes ! », répondit la Victorine.

# Les travaux des champs

La famille de Marie habitant un petit village de moyenne montagne en Auvergne, les fenaisons n'étaient pas complètement achevées fin juillet. Aussi, le lendemain, vers neuf - dix heures, Thérèse, accompagnée de la petite sœur, Médor sur les talons, porta le casse-croûte aux hommes qui coupaient l'herbe dans un pré un peu éloigné de la maison.

Levés depuis l'aube, car la rosée facilitait leur tâche, ils avaient sûrement besoin de reprendre des forces. Au détour du chemin, elles les aperçurent, pliés en deux, fauchant l'herbe d'un geste large et régulier, laissant derrière eux des andins[7] bien alignés.

*Les faucheurs*

Le père se différenciait des autres grâce à son chapeau en feutre noir, à grands bords, et à sa large ceinture grise en flanelle qui lui entourait la taille et une bonne partie des reins.

A la vue des filles de la maison, ils s'arrêtèrent, et épongèrent la sueur qui ruisselait sur leur visage et leur cou à l'aide d'un mouchoir à gros carreaux blancs et bleus.

Ils allèrent enfin s'asseoir à l'ombre d'un arbre, et dégustèrent de bon appétit le pain bis, le saucisson, le lard et le fromage faits maison.

« Tiens Médor, c'est pour toi » dit le père en jetant les peaux de saucisson, la couenne du lard et un croûton de pain au chien qui le remercia d'un bon regard. Puis il ajouta d'un air satisfait :

« Je pense qu'on finira ce pré aujourd'hui ; le temps à l'air beau, demain on fera le dernier : celui de la Gazelle ».

De temps en temps, le chef de famille buvait à même la bouteille, le vin qu'on remettait aussitôt au frais dans une rase[8] où coulait une eau vive. Les grands frères allèrent s'accroupir près d'une source qui jaillissait un peu plus loin. Faisant un creux avec leurs deux mains jointes, ils se désaltérèrent longuement.

« N'en buvez pas trop, leur recommanda le père, vous avez transpiré, elle est très froide, cela pourrait vous ravir, et demain, vous auriez les jambes coupées ! »

Les dernières miettes avalées, les hommes affûtèrent leurs faux avant de reprendre le labeur. Ils sortirent la pierre à aiguiser du coutier[9] en bois rempli d'eau, qu'ils portaient accroché à la ceinture. Toute la campagne résonna alors de ce chant cristallin.

Ensuite, ils reprirent leur travail jusqu'à l'heure du dîner (déjeuner) annoncé par la cloche de l'église du village.

Après le repas, comme le temps semblait être au beau fixe, tout le monde prit le temps de faire la pranière[10]. Après quoi, le père et les plus grands, un râteau sur l'épaule, se rendirent dans un pré fauché de la veille. Il fallait tourner le foin afin qu'il soit bien sec, avant de le rentrer à la grange.

Puis vint le mois d'août et le temps des moissons.

Josette avait trois semaines lorsqu'un jour la mère annonça :

« Cet après-midi, comme il fait bien beau, on emmènera le bébé aux champs, cela lui fera du bien de prendre l'air. »

Après lui avoir ajouté une brassière en laine et un petit bonnet à oreilles de chat, elle l'enroula dans un burnous et voilà toute la famille partie.

***Le moissonneur***

Arrivée sur le lieu des moissons, la mère installa Bezi sur une grande couverture à l'ombre d'un arbre, prenant bien soin de ne pas la mettre trop près d'une muraille ou d'une haie où des serpents pourraient se cacher.

« Couche-toi à côté, Médor, et surveille-la bien », ordonna maman au chien de la maison qui obéit aussitôt.

Puis elle s'éloigna, Marie ne la lâchant pas d'une semelle, pour aller aider Thérèse et Roger. Ce dernier, âgé de onze ans, commençait à effectuer certains travaux des champs réservés aux plus grands, et n'en était pas peu fier !

Ensemble, ils suivaient le chef de famille ainsi que Michel et Paul, pour faire des gerbes avec le seigle que ces derniers coupaient à la faucille. Tout en travaillant, la mère « gardait un œil » sur Bezi, sachant malgré tout qu'au moindre problème, Médor aboierait pour l'avertir.

Ce qu'il fit au bout d'un moment, car Josette commençait à pleurer : elle avait faim.

« Bon, occupe-t'en un peu Thérèse, je vais traire la chèvre pour lui donner à manger » dit la mère en allant rejoindre Claude et Albert. Ces derniers, âgés de neuf et sept ans, gardaient les vaches et deux chèvres dans le pré d'à côté. Elle attacha l'une des biquettes à un arbre, se lava les mains à la source, puis s'accroupissant, tira son lait directement dans le biberon.

Ce dernier étant plein, et juste à la bonne température, elle le donna au bébé qui le téta jusqu'à la dernière goutte.

« Les chèvres n'attrapent pas la tuberculose et n'ont pas de maladie grave, expliqua-t-elle à ses enfants, aussi, c'est pas la peine de faire bouillir leur lait comme on le fait pour celui des vaches, d'ailleurs il le supporterait pas, il caillerait avant » ajouta-t-elle.

Pendant ce temps, Marie courait après les jolis papillons

qui butinaient les fleurs de la prairie. Puis, fatiguée, s'accroupissait pour essayer d'attraper les grosses sauterelles vertes aux interminables pattes. Mais, chaque fois qu'elle croyait mettre la main dessus, la bestiole, d'un bond, lui échappait.

« Josette dort à nouveau, ne fais pas de bruit Marie, et reste avec tes frères pour garder les vaches pendant que je vais aider Thérèse et Roger. On n'en a pas pour longtemps. »

A regret, la fillette rejoignit Claude et Albert. Mais bien vite, elle s'intéressa à leurs jeux : avec des bouts de bois, ils avaient fabriqué un moulin à eau, rudimentaire, et ils s'amusaient à le faire tourner dans la rigole d'eau vive qui traversait le pré, tout en surveillant les vaches.

Au bout d'un moment, après s'être concertés, ils allèrent, en cachette des parents, arracher une grosse betterave dans un champ voisin.

Claude, le plus âgé des deux, mais aussi le plus téméraire, sortit un petit canif de sa poche. Il commença à creuser le légume pour essayer de fabriquer une voiture comme celles que l'on voyait passer une fois « tous les six mois » dans le pays !

L'œuvre achevée n'avait qu'une vague ressemblance avec ce qu'elle était censée représenter.

Malgré tout, Marie et Albert étaient pleins d'admiration pour ce frère si malin.

Ensuite, ce dernier tailla un morceau de branche de sureau, tapota dessus avec le manche de son couteau, tout en chantant :

« Taillo, taillo mon fiolo » (Taille, taille mon sifflet) etc. jusqu'à ce que l'écorce se détache du bois sans se fêler. Il coupa alors une extrémité en biais, creusa une entaille au dessus et obtint ainsi un sifflet que les plus jeunes lui envièrent :

« Prête-moi le, prête-moi le, lui demanda Marie avec insistance.

– Tu es trop petite, tu n'as pas assez de souffle, il ne marcherait pas, mais essaye quand même, tu verras bien », lui répondit le grand frère.

La cloche de l'Angélus ramena toute la famille à la maison.

Les moissons étant finies, un matin, le père s'adressa ainsi aux aînés :

« Venez avec moi à la grange, on va battre le seigle au fléau, si on veut manger du pain cet hiver ! »

Michel et Paul pensaient pouvoir être un peu tranquilles ce jour-là. Mais, connaissant le caractère autoritaire et emporté du chef de famille, ils le suivirent sans rien dire, bon gré, mal gré, pour l'aider à extraire le grain des épis, en les battant.

Une après-midi de fin septembre, toute la famille se rendit dans la forêt voisine pour ramasser des feuilles de fayard.

« Ne mangez pas trop de faines[11], recommanda la mère, sinon vous seriez saouls » ce qui fit rire les enfants, car en imagination, ils se voyaient déjà dans cet état là.

Le soir, les sacs de jute étant pleins à craquer de feuilles sèches, le père et les aînés les chargèrent sur leur dos pour les ramener à la maison.

Elles serviraient à renouveler l'intérieur des paillasses des plus jeunes qui faisaient encore pipi au lit de temps en temps.

# Marie va à l'école

« Viens ici Marie, je vais te laver entièrement, demain tu vas aller à l'école » dit Thérèse à sa petite sœur, un dimanche après-midi de début octobre 1949. C'était la première rentrée des classes de la fillette.

Le baquet où l'on faisait la lessive en hiver était installé près du feu, à moitié rempli d'eau tiède. La fillette se déshabilla prestement et plongea dans la baignoire improvisée de l'époque. La sœur aînée lui fit alors la toilette des pieds à la tête, en utilisant le savon de Marseille qui servait à la fois pour la lessive, le shampooing et la toilette.

« Bon, maintenant nous allons préparer ton cartable » annonça Thérèse une fois la fillette rhabillée.

Elle sortit d'un placard un vieux sac en cuir qui avait déjà servi à plusieurs membres de la famille, et le cira soigneusement. Puis, elle y rangea une ardoise et un plumier en bois. Marie en fit coulisser le couvercle et découvrit un crayon papier, une gomme et un long tube métallique terminé par un embout dur de teinte noire bleutée : le crayon d'ardoise.

« Regarde, j'attache ce chiffon à ton ardoise, tu t'en serviras pour l'effacer » lui conseilla Thérèse en joignant le geste à la parole.

Le lendemain matin, encore à moitié endormie, la fillette revêtit au-dessus de sa robe en laine verte, tricotée à la main, un tablier noir bordé d'une rayure rouge. Ce dernier encore tout amidonné, avait l'odeur du neuf ; on le lui avait acheté un peu plus grand que sa taille, car il fallait qu'il dure longtemps. Comme il commençait à faire froid, la mère lui fit prendre des chaussettes en laine du pays, dont le rebord en "dentelé" s'arrêtait juste sous le genou. Elle chaussa enfin une paire de sabots neufs que le père avait vernis en noir pour la circonstance.

Mignonne à croquer, ses cheveux noirs relevés à l'aide d'un joli ruban, donnant la main à sa mère, elle arriva dans la cour de l'école déjà pleine d'élèves bruyants.

La voyant toute intimidée, l'institutrice vint les accueillir :

« Bonjour madame Legrain, vous m'amenez une petite nouvelle, elle ressemble bien à ses frères et sœurs ! Viens avec moi, je vais te montrer la classe » ajouta-t-elle, prenant Marie par la main.

– A onze heures et demi, tu rentreras à la maison avec tes frères » lui rappela la mère en se baissant pour embrasser la fillette, avant de s'en aller.

Cette dernière qui se sentait observée par les grands, retint ses larmes pour ne pas se faire traiter de bébé, et suivit la maîtresse, le cœur lourd.

« Je te présente un petit camarade il s'appelle Mathias Deschêne, et il a le même âge que toi . »

Elle se retrouva assise devant un bureau en bois près d'un petit garçon.

Le contraste physique entre les deux enfants était saisissant : l'une très brune avec de beaux yeux sombres légèrement bridés, l'autre blond comme les blés, avec de grands yeux bleus.

« Mathias, voilà Marie Legrain, j'espère que vous vous entendrez bien. »

Ce dernier sourit alors timidement à Marie qui en fit autant, tout en l'observant, étonnée, du coin de l'œil. Il se différenciait de tous les autres par de très jolis vêtements et des souliers vernis.

La classe comprenait une vingtaine d'élèves âgés de cinq à quatorze ans. La maîtresse d'école leur distribua un livre de lecture et un cahier.

« Vous allez faire une ligne de « o » et une ligne de « i », leur demanda-t-elle en désignant les lettres qu'elle avait inscrites en modèle.

Tirant un peu la langue, les deux enfants s'appliquèrent autant qu'ils le purent pour finir par former maladroitement les voyelles, qui leur semblèrent bien difficiles à reproduire.

« C'est l'heure de la récréation, tout le monde dehors ! » intima l'institutrice à dix heures sonnantes.

Les élèves s'échappèrent de la classe comme une volée de moineaux. Dans la cour, Marie s'approcha de ses frères qui l'ignorèrent, trop occupés à jouer aux billes avec leurs camarades. Elle remarqua alors Mathias, tout seul dans un coin, prêt à pleurer. Elle le rejoignit et lui proposa :

« On joue à la marelle ?

– Si tu veux » répondit-il, retrouvant son sourire.

Les enfants ne virent plus le temps passer, et ce fut bientôt la fin de la récréation. Désormais, la glace était rompue entre eux.

A onze heures et demi et à seize heures trente, une belle voiture s'arrêta devant l'école. Monsieur Deschêne en descendit et, sans un regard pour personne, emmena Mathias, qui le suivit, un peu gêné, semblait-il, par l'attitude de son père.

# Les vacances de Noël

Aux vacances de Noël, Marie eut le droit, pour la première fois, d'accompagner sa famille à la messe de minuit.

Josette, âgée seulement de deux ans et demi, resta à la maison avec la grand-mère.

Bien emmitouflée de la tête aux pieds, les enfants suivaient les parents qui marchaient en tête, munis chacun d'une lanterne tempête.

Le père et les aînés étaient parfois obligés de faire la trace dans l'épaisse couche de neige, à l'aide d'une pelle qu'ils avaient eu la précaution d'emporter. En effet, des congères s'étaient formées par endroits.

« Bonsoir Firmin, bonsoir Victorine, vous y allez vous aussi, vous avez pas eu peur de la burle[12] ? s'enquit le père auprès des voisins qu'il venait de rattraper.

– Nom de nom, François, il faut bien se forcer un peu, si on veut gagner son paradis ! », répondit alors Firmin, en riant.

Marie était juchée sur le dos de Michel, ses petites jambes étant trop courtes pour l'épaisseur de la neige.

A l'horizon, les montagnes lui rappelaient de gros animaux assoupis, et l'effrayaient un peu. En revanche, la beauté grandiose du ciel étoilé et de la campagne environnante l'émerveillait.

« Ça fait du bien de marcher, ça réchauffe », constata la mère en arrivant devant l'église. Celle-ci était déjà pleine à craquer. Lors de la messe, tout le monde entonna de bon cœur : » Il est né le divin enfant, sonnez hautbois, résonnez musettes » et divers autres cantiques de Noël.

Monsieur et madame Deschêne étaient au premier rang, accompagnés de leurs trois enfants. Leur élégante tenue vestimentaire tranchait avec celle des autres membres de l'assemblée, vêtue beaucoup plus modestement.

Mathias ayant aperçu sa petite camarade en arrivant, se retournait de temps en temps pour lui sourire, au grand dépit de son père.

A la fin de l'office, chaque famille à tour de rôle alla admirer la crèche installée dans un coin de l'église. Près d'elle, se trouvait une mystérieuse petite boîte métallique.

« Tiens Marie, mets cette pièce dans la fente là, lui dit Thérèse, et écoute bien maintenant ! »

Se hissant sur la pointe des pieds, la fillette obéit. Une musique sublime s'échappa aussitôt de cette « mécanique ». Marie, bouche bée, était subjuguée, sa sœur dut la tirer plusieurs fois par la manche car tout le monde s'en allait.

Le retour se fit en silence, ils avaient tous sommeil. Malgré la fatigue, dès leur retour à la maison, les enfants se précipitèrent pour déposer leurs sabots sur le fourneau encore tiède : le Père Noël ne tarderait pas à passer.

Quelques minutes plus tard, la famille dormait à poings fermés, bien au chaud, sous d'épais édredons de plumes.

Le lendemain matin, Marie fut réveillée par un rayon de soleil filtrant à travers les fougères, que le givre avait dessinées sur les carreaux de la fenêtre sans volet. Elle les admira un moment, puis réalisa soudain que c'était Noël.

Essayant de ne pas réveiller sa grande sœur qui dormait à côté d'elle, elle s'habilla à la hâte, avant de sortir de la douce chaleur de son lit, car il gelait dans la chambre.

En arrivant à la cuisine qui faisait office de pièce principale, elle fut accueillie par ses deux plus jeunes frères. Ils pouffèrent de rire en la voyant et lui dirent :

« Viens vite voir ce que le Père Noël t'a apporté ! »

Toute contente, la fillette se dirigea vers ses petits sabots pleins d'oranges et de papillotes. Elle découvrit alors que le chocolat de certaines d'entre elles avait été remplacé par un sucre de la boîte du placard. Peinée, elle comprit aussitôt que c'était Claude et Albert qui lui avaient fait cette farce.

La voyant prête à pleurer, les deux garnements lui promirent de jouer à cachette avec elle l'après-midi, ce qui lui rendit son sourire.

« Marie, viens déjeuner avec ta petite sœur, et ne mange pas toutes tes papillotes en même temps, sinon tu vas être malade » lui dit maman.

Bien sagement installée près de la grande table en bois recouverte d'une toile cirée, aux motifs effacés par endroits, elle parcourut des yeux la cuisine, en attendant que maman la serve.

Des grosses bûches pétillaient dans le foyer ouvert du fourneau, lançant de temps en temps une gerbe d'étincelles. Son regard s'attarda particulièrement sur la jolie déméloise[13] dont l'émail un peu abîmé sur la partie supérieure, était décoré de cerises.

Cette dernière gardait le café au chaud, posée à l'arrière du fourneau, près de la bouillotte rectangulaire en cuivre, remplie d'eau bouillante. Le chat ronronnait sur les genoux de la grand-mère, qui chauffait ses rhumatismes tout en tricotant.

La sonnerie de l'horloge encastrée dans le mur attira son attention. Elle admira un moment son gros cadran orné de chiffres romains, surmonté d'une scène bucolique sculptée dans le cuivre. En dessous, un balancier ventru à souhait, brillant comme un soleil, égrenait inlassablement le temps qui passe. Derrière lui, pendaient deux sortes de plombs allongés, suspendus à des petites chaînes. A droite de l'horloge, un vaisselier garni d'assiettes au décor champêtre, surmontait un placard en bois qui servait de garde-manger.

A gauche, deux portes fermées par une chevillette rudimentaire, dissimulaient le lit clos de la mémé. Près du fourneau, une caisse grossière contenait les bûches, les babets (pommes de pin) et quelques branches sèches de pin ou de sapin.

A côté d'elle, planté dans un angle, un gros balai en genêts que le père avait fabriqué lors des longues veillées hivernales, attendait que les femmes de la maison veuillent bien l'utiliser

***Intérieur paysan de l'époque***

pour nettoyer les épaisses lauzes disjointes du sol.

Une cruche en fer blanc, ruisselante de gouttelettes d'eau, trônait sur la maie qui servait à fabriquer le pain. Elle voisinait avec une cuvette en fer émaillé qui ne semblait pas être de la première jeunesse.

Sur l'épais mur, blanchi à la chaux, près du fenestrou[14], le calendrier des postes tenait compagnie à une pelote en tissu, bourrée de son et hérissée d'épingles.

Du plafond fait de grosses poutres enfumées, une ampoule recouverte d'un abat-jour rond en tôle blanche, s'efforçait d'éclairer la cuisine.

« Bois ton lait quand il est chaud et trempes-y tes tartines », intervint maman, l'arrachant ainsi à sa contemplation.

Le déjeuner terminé, Marie et sa petite sœur allèrent rejoindre leurs parents et les deux frères aînés à l'étable. Cette dernière se trouvait juste à côté de la cuisine. On était d'ailleurs obligé de passer par là quand on venait de l'extérieur pour pénétrer dans les autres pièces de la maison. La chaleur dégagée par les animaux qui s'y trouvaient, tempérait toute l'habitation.

« Minou, Bezi, ouvrez la bouche », leur commanda Michel qui était en train de traire la Pounote .

Lorsqu'elles se furent exécutées, ce dernier leur envoya respectivement une giclée de lait tiède qui leur chatouilla le palais et les fit éclater de rire.

Par un escalier boiteux et crotté, le père monta à la grange. Au bout d'un moment, il fit passer du foin par les trappes situées juste au dessus des râteliers des six vaches de la maison. Elles en tiraient une bouchée de temps en temps, puis baissaient la tête pour finir les choux et les raves que les garçons leur avaient distribués dans la crèche, avant de les traire. Ceci afin qu'elles se tiennent tranquilles, et ne donnent pas de coups de pied. A chaque mouvement de leur tête, on entendait le bruit des chaînes qui les reliaient à leur mangeoire.

Maman, assise sur une selle à mouze[15], la tête contre le ventre du Mour Blanc, lui tirait son lait. Elle avait pris la précaution d'attacher la queue de la vache à l'une de ses pattes, afin de ne pas la prendre en pleine figure.

« Psiou, psiou » imita Bezi en riant, simulant le bruit des giclées de lait contre le métal du seau. Le niveau du lait montait peu à peu dans la seille[16] et, à la fin, une bonne couche de mousse crémeuse en recouvrait la surface.

« Venez en boire un peu, vous verrez comme il est bon », recommanda maman aux deux fillettes.

Elle en tendit alors une pleine tasse à chacune.

« Oh, les belles moustaches blanches ! » constata-t-elle en souriant, lorsqu'elles eurent fini de boire.

Paul se dirigea vers un castou[17] où étaient parqués deux veaux. Il sortit le plus petit et le guida sous sa mère. Ce dernier se mit aussitôt à téter en remuant la queue et en donnant des coups de tête dans le pis, peut-être pour faire venir le lait plus vite.

Sa mère le regardait d'un air attendri, et poussait de temps en temps un léger beuglement de satisfaction, tout en le léchant.

« Comme il est joli, j'aimerais bien le caresser », pensait Marie attendrie par cette petite vache en miniature.

Pendant ce temps, Michel qui avait fini de traire ses deux vaches habituelles, avait rempli de lait un énorme biberon en fer blanc muni d'une grosse tétine. Il le présenta à travers les barreaux du parc à l'autre veau.

Celui-ci le téta bruyamment en un rien de temps, une coulée blanche dégoulinant le long de ses babines.

« Poulo, poulo », criait maintenant la mère tout en distribuant le seigle aux volailles.

Le coq arrivé en premier caquetait en écartant le grain avec ses ergots pour rassembler toute sa cour. Plusieurs poules qui grattaient du foin sous les crèches accoururent le rejoindre.

« Pourquoi elles descendent pas celles-ci ? », s'inquiéta Marie, levant la tête et désignant deux ou trois gallinacés qui étiraient le cou dans tous les sens, en tournant des yeux tout ronds. Elles étaient encore perchées sur le jukor[18], juste au dessus du tas de fumier, ce qui était inhabituel, car chacun sait que les poules se lèvent dès que le jour pointe.

« Elles sont vieilles et fatiguées », lui répondit maman.

Après maintes hésitations, elles finirent quand même par descendre avec précaution le long du petit escalier taillé dans un gros morceau de bois, tout crotté de leurs fientes.

« Viens, on va voir les cochons », dit Marie à sa petite sœur.

– Non, non, j'ai peur », répondit Bezi. En effet, les deux porcs énormes qui se roulaient indifféremment dans la paille ou le fumier de leur parc, tout en grognant, l'effrayaient un peu.

« Venez ici, les filles, je vais traire les chèvres » annonça maman.

Ces dernières, attachées, car très dévergondées de nature, roulaient d'inquiétants yeux verts fendus en leur centre par un gros trait noir.

Le père redescendu de la grange, aida Michel et Paul à curer[19] les vaches. Après quoi, ils leur firent une bonne litière avec de la paille.

« Maintenant, je les emmène boire. Les "petites", si vous voulez venir, habillez-vous bien, car il gèle à pierre fendre », dit le père.

Marie et Josette ne se le firent pas répéter deux fois. Après avoir enfilé un vieux manteau, une écharpe et un bonnet de laine, elles le suivirent, marchant derrière les vaches et les chèvres jusqu'au bacha[6].

De longs rouleaux de buée sortaient de leurs naseaux, attestant de la température très basse.

Les bêtes marchaient lentement, l'une derrière l'autre, car elles avaient peur de tomber sur le sol gelé. Marie tenait la main de sa petite sœur et faisait bien attention de ne pas glisser.

Le père fut obligé de casser la glace qui recouvrait la surface du bacha[6] avec une pioche, tant elle était épaisse.

Les bêtes se désaltérèrent longuement puis prirent le chemin du retour, certainement contentes de s'être dégourdi les pattes.

***Le bacha***

## La veillée avec les voisins

Vers les 9 heures du soir, les voisins arrivèrent pour faire la veillée.

« Saca vous (entrez), venez vous mettre au chaud, qu'il fait un temps à pas mettre un chien dehors » dit le père en patois.

Après avoir secoué leurs vêtements enneigés sur le seuil de la maison, tapoté leurs sabots par terre pour enlever les blocs de neige glacée qui y adhéraient, ils finirent par pénétrer à l'intérieur de la maison.

« Aquo faï de bien de trouba la chalour ! » (Cela fait du bien de trouver de la chaleur !) constata l'un d'eux.

Les hommes s'assirent autour de la table pour trinquer.

Les femmes se rassemblèrent sous la lampe, le brasier[20] sous les pieds libérant une douce chaleur.

« Que fasez de gentieu Gustine ? » (Que faites-vous de joli, Augustine ?), interrogea la mère.

– Un tricot per mon bé » (Un tricot pour mon grand), répondit cette dernière, finissant juste d'enrouler une grosse pelote à partir d'un écheveau de laine du pays que sa fille tenait, les bras écartés, en face d'elle.

Marie s'assit un moment près de la mémé et de la Virginie qui avait sensiblement le même âge. Un carreau[21] sur les genoux, elles faisaient de la dentelle.

***La dentellière***

La fillette était émerveillée par la dextérité de leurs vieux doigts noueux qui faisaient danser les fuseaux sur le métier, parfois même sans les regarder. Comme par magie, une fine dentelle d'une rare beauté s'allongeait derrière le rouleau mobile hérissé d'aiguilles à têtes multicolores, tenant le fil.

« Tu as bien réussi ton "point d'esprit" Virginie, la Mélanie sera contente quand tu lui porteras tes pointes[22], apprécia la mémé.

– Oh, pour ce qu'elle nous les paye, on se fatigue bien pour pas grand chose ! répondit Virginie en haussant la voix car la grand-mère était sourde comme une padelle[23].

– C'est sûr, en travaillant toute la veillée et une bonne partie de la journée, on arrive tout juste à payer le sucre, le café de la maison et le tabac pour notre homme ! », constata une autre voisine.

Au bout d'un moment, Marie alla rejoindre les autres enfants rassemblés autour du feu.

Les plus grands faisaient sauter des châtaignes dans une poêle en fonte trouée, au-dessus du fourneau. Avant, ils avaient pris soin d'enlever une partie de l'écorce avec leur canif, afin qu'elles n'explosent pas.

Tout en se brûlant et en se noircissant un peu les doigts pour finir de les éplucher une fois cuites, avant de s'en régaler, ils écoutaient les hommes qui, à tour de rôle, racontaient une histoire. Ce fut Firmin qui commença :

« Au début du siècle, mon grand-père partit à cheval pour aller voir un de ses fils malade qui faisait son régiment dans le midi. Il prit la route qui conduit du Puy à Aubenas, route est un bien grand mot, car, à l'époque, c'était plutôt un chemin. Tout se passa normalement jusqu'à Pradelles. Mais arrivé là-bas, il y avait déjà de la neige, car on était en novembre.

Pendant des kilomètres et des kilomètres, lui et sa monture eurent toutes les peines du monde à avancer. La burle, les aveuglait. Sur ce plateau sauvage qui limite la Haute-Loire, l'Ardèche et la Lozère, il n'entendait que le sifflement du vent et le hurlement des loups. Il était mort de fatigue et de froid, lorsqu'il aperçut la masse sombre d'une bâtisse. Reprenant alors espoir, il s'en approcha et fut tout heureux de constater que c'était une auberge.

Comme le jour déclinait, il décida d'y passer la nuit, après avoir mangé une soupe bien chaude qui lui ferait le plus grand bien. Quant à son cheval, il demanderait une bonne ration d'avoine et la pauvre bête coucherait au chaud à l'étable.

Tout ragaillardi par ces pensées, il pénétra dans la salle de l'auberge.

Un bon feu brûlait dans la cheminée, mais la pièce était vide. Il semblait bien qu'il fut le seul client. Soudain, une femme d'une cinquantaine d'années, suivie d'un homme un peu plus âgé, sortirent d'une porte latérale. Ils n'étaient pas avenants pour deux sous, et ils commencèrent à le détailler de la tête aux pieds.

Quelques instants plus tard, la même porte s'ouvrit à nouveau, et c'est "un grand diable" tout noir qui s'approcha des aubergistes. Tout en désignant mon grand-père, ces derniers lui chuchotèrent quelque chose à l'oreille qui les fit s'esclaffer. Mon aïeul commença alors à se douter qu'il était tombé chez "de drôles de citoyens !"

Ayant un très mauvais pressentiment, il se fit passer pour un "pauvre bougre" sans un sou, qui allait voir son fils mourant dans le midi, et il leur dit :

"Bonnes gens, si vous pouviez me donner un restant de soupe, de l'eau et un peu de foin au cheval qu'un brave homme a bien voulu me prêter, je prierais pour vous tout le long du chemin".

Les trois mauvaises façons le crurent certainement car, après lui avoir servi quelques restes de repas, ils le laissèrent repartir. Mort de peur, il monta sur son cheval et, oubliant sa fatigue, il partit aussi vite qu'il le put, très heureux d'avoir pu s'enfuir de ce qui lui avait semblé être un véritable coupe-gorge !

Un an ou deux après, on apprit que les tenanciers de l'auberge de Peyrebeille, c'est ainsi qu'on l'appelait, avaient été guillotinés. Ils étaient accusés d'avoir tué plusieurs clients pour leur voler leurs écus d'or ou leurs bijoux. Ils paraît qu'ils procédaient ainsi :

Après avoir fait souper le voyageur, on le faisait monter par un escalier très sombre qui menait soi-disant aux chambres. N'y voyant rien, celui-ci s'assommait après une grosse poutre basse. Fétiche, c'était le nom du grand noir, l'achevait alors. Après lui avoir volé tout ce qui en valait la peine, on le faisait rôtir dans le grand four. Et, tenez vous bien, on raconte que les cochons le mangeaient. Vous vous imaginez la frayeur de mon grand-père en apprenant tout cela. Il l'avait échappée belle. »

Ainsi se terminait son histoire laissant Marie et les plus jeunes des enfants morts de peur.

Ensuite, vint le tour de Francillou, connu pour amuser la "galerie".

« Une femme de Monedeyres alla se confesser. A la fin, le curé lui dit :

"Allez, et ne pêchez plus". Mais elle, un peu sourde, comprit : "Allez, et ne pissez plus".

Elle rentra alors chez elle et s'efforça de tout son cœur de purger sa peine. Mais vint un moment où vraiment elle n'en put plus. Elle envoya alors son mari chez le curé pour voir si ce dernier ne voudrait pas lever la punition.

En revenant, du plus loin qu'il l'aperçut, il lui cria :

“Pisso Marie, le tiura voua dit !” (Pisse Marie, le curé l'a dit !)

L'histoire de Francillou s'acheva dans un éclat de rire général.

Le père de Marie prit alors la relève :

« Un de mes ancêtres refusa de partir faire la guerre de 1870. Un jour, il était en train de faire des sabots dans son petit atelier, quand, à travers le fenestrou[14], il vit arriver les gendarmes. Ces derniers venaient le chercher pour l'y envoyer de force. Il commença par les tenir à distance en les menaçant avec le couté-réparatour [24], puis il réussit à se sauver par la petite porte située à l'opposé de celle où ils se trouvaient. Il dut bien se cacher, car ils le trouvèrent pas.

Mes grands-parents n'eurent pas de ses nouvelles pendant des années. Puis un jour ils apprirent, je ne sais trop comment, qu'il vivait au Canada, que tout allait bien pour lui. Mais depuis, plus rien. »

Cette histoire vraie laissa l'assemblée rêveuse un certain temps.

Onze heures sonnaient à l'horloge quand la mère dit en s'adressant aux femmes :

« Allez, approchez-vous de la table, vous boirez bien un café, ça vous tiendra réveillées, il est pas bien tard, on veillera bien encore un peu ! »

Thérèse sortit du four une tarte aux pommes qu'elle avait appris à faire en cours de cuisine, à l'école.

« Il est bien bon ton gâteau, ma petite, il faudra que tu nous en donnes la recette », demanda la Louise, qui s'en léchait les babines.

Après s'être restaurées, ce fut le tour des femmes de conter quelques histoires.

La Victorine commença :

« Autrefois, pour le 15 août, les filles du pays qui étaient encore célibataires à vingt  cinq ans ou plus, allaient et revenaient à Lalouvesc à pied, dans la journée. Elles allaient prier sur la tombe de saint François-Régis, afin que ce brave saint leur trouve un mari dans l'année. Il paraît que ça marchait !

Vous vous rendez compte, il y a au moins trente kilomètres aller et retour, si c'est pas plus. Il fallait vraiment avoir envie de trouver un homme !

Ah, si elles avaient su ce qui les attendait, elles seraient bien restées tranquilles ! » ajouta-t-elle, ce qui fit rire bon nombre d'entre elles.

La Louise prit la relève :

« Il y a longtemps de cela, des gens d'un hameau voisin partirent faire la veillée chez des amis qui habitaient à un ou deux kilomètres Quand ils revinrent, quelques heures après, leur maison avait brûlé, et malheureusement leurs trois jeunes enfants avec. A la place où l'on trouva les cendres des trois petits, il poussa trois sapins bien serrés l'un contre l'autre. On pensa que c'était les enfants qui étaient revenus sous forme d'arbres. »

Un voile de tristesse et de mystère envahit l'assemblée quelques minutes.

La Virginie prit elle aussi la parole :

« Un jeune enfant demanda un jour à sa mère : "C'est comment au Paradis ?"

Prise de court, celle-ci réfléchit un moment, puis lui répondit : “Eh bien au Paradis, c’est tous les jours la vogue !”

Firmin s’adressa cette fois aux enfants :

« Trois bandits se trouvaient derrière la porte d’une grand-mère, prêts à rentrer pour lui voler ses écus d’or, lorsqu’ils entendirent :

“Toi qui pètes, toi qui ris, toi qui écoutes, vous passerez tous les trois par le trou de mon c... !”

En même temps qu’elle disait cela, l’un des bandits pétait, le deuxième riait, le troisième écoutait. Ils crurent donc que ces menaces leur étaient adressées, alors qu’elle parlait à trois pommes qui, en cuisant dans le four, se fendillaient, simulant les attitudes qu’elle citait. Effrayés, les trois brigands partirent en courant ! »

« Je vous en raconte une dernière » ajouta Firmin, puis il faudrait aller se coucher, il se fait tard :

Le curé de Bessamorel demanda aux enfants du catéchisme :

“Qui vous a créés et mis au monde ?

– C’est notre truie” lui répondit aussitôt l’un deux.

Le brave curé, éberlué, demanda alors de plus amples explications.

“Eh bien, mon père et ma mère disent toujours : Quand la truie fera les petits, cela nous mettra au monde”.

La veillée s’acheva dans un éclat de rire général.

# Le sabotier

« Tu viens Bezi, on va voir les sabots » demanda Marie à sa petite sœur le lendemain après-midi, le temps ne leur permettant pas d'aller dehors.

Leur père possédait un atelier de sabotier juste à côté de la cuisine. C'était une toute petite pièce au plafond bas, aux murs en pierres apparentes.

*Le sabotier*

Dans un coin, une vieille cheminée où brûlaient d'énormes bûches, réchauffait l'atmosphère.

« Ne vous approchez pas trop, les petites, recommanda le père travaillant sur un établi rudimentaire installé près de l'unique fenestrou. »

« Je dégrossis ces sabots avec le couté-réparatour, il faut pas me faire bouger, c'est dangereux », ajouta-t-il.

Les fillettes regardèrent d'un œil intéressé les boîtes de peinture noire rangées sur une étagère, la hache plantée dans un rouillou[25] de bois, les gros copeaux qui jonchaient le sol en terre battue.

Une bonne odeur de bois coupé se dégageait de l'atelier.

« Oh, viens voir comme ils sont jolis ! », dit Marie en entraînant sa petite sœur près d'un banc où s'alignaient des esclops[26] de différentes tailles.

Les plus mastoc étaient destinés aux hommes, ceux des femmes et des enfants, beaucoup plus mignons, étaient décorés de fleurs naïves sur le dessus. A l'emplacement du coup de pied, ils possédaient de fines courroies fantaisies, amortissant le frottement direct du bois contre la peau.

« Bonjour François, je t'apporte un morceau de frêne, tu m'en feras une paire quand tu pourras, demanda Feillo (Philippe) qui venait d'arriver.

– Pour le moment, j'ai tout mon temps, avec la couche de neige qu'on a, on mettra pas les pieds dehors d'un moment ! constata le père Legrain. Viens trinquer avec moi, ça me reposera un peu », ajouta-t-il tout souriant.

Les deux hommes bavardant de choses et d'autres, attablés devant "un canon", les fillettes rejoignirent les grands, qui jouaient aux cartes à la cuisine, près du feu.

# Mardi Gras

Il faisait déjà nuit ce soir de Mardi gras, lorsqu'on frappa à la porte :

« Io de mondé ? (Il y a du monde ?), interrogea une voix joviale.

– Kaou a quoès ? (Qui c'est ?), s'enquit le père Legrain.

– Nous aoutrès, Françoué » (Nous autres, François), répondirent en chœur plusieurs voix empreintes de rire.

Après avoir tiré le gros verrou de la porte, le père, entouré d'une bonne partie de sa progéniture, s'esclaffa en découvrant la tête des visiteurs : ces derniers, tous déguisés, étaient méconnaissables.

Marie et sa petite sœur coururent se blottir dans les jupes de la mère, car certains masques étaient plus ou moins effrayants. Pendant un moment, on essaya de deviner qui se cachait derrière les déguisements, mais en vain !

« Bon, si vous voulez que je vous paye un canon, il faudra enlever les masques, car je trinque pas avec des inconnus, surtout que certains ressemblent à des brigands ! », plaisanta le père.

Après s'être fait un peu prier, ils finirent par s'exécuter.

« Ah, toi, tu avais mis une figure devant ton masque ! » ironisa quelqu'un à un autre voisin au visage plutôt ingrat.

En effet, ce dernier s'était transformé en beau jeune homme. Comme il avait bon caractère, et que son aspect physique était le cadet de ses soucis, il éclata de rire comme tout le monde.

Il n'était pas très tard lorsque les fêtards s'en allèrent. Michel, Thérèse et Paul décidèrent alors d'aller faire une farce au plus proche voisin. Ce dernier avait l'habitude de se coucher très tôt, malgré son jeune âge : une trentaine d'années environ.

De connivence avec sa femme, ils prirent une grosse betterave, y creusèrent deux cavités pour simuler les yeux, une autre pour la bouche. Ayant obtenu un semblant de tête, ils la piquèrent au bout d'un long bâton. Ils plantèrent une bougie allumée à l'intérieur, et voilà notre légume transformé en crâne de mort pour le moins inquiétant !

Ce charmant voisin dormait à poings fermés : il était peut-être en train de faire de beaux rêves, lorsqu'il entendit :

« Dzouzé, lévo té, té veine queire ! » (Joseph, lève-toi, je viens te chercher !)

Ce, à plusieurs reprises.

Emergeant enfin de son sommeil, Dzouzé commença à se frotter les yeux en voyant cette diabolique apparition derrière sa fenêtre. Il crut d'abord qu'il était en train de faire un cauchemar. Il se pinça, ouvrit bien grands les yeux et les oreilles, mais non, il était bien réveillé !

Persuadé alors que sa dernière heure était arrivée, il s'enfonça dans son lit, et se mit à trembler de tous ses membres. La voix maléfique continuait de l'appeler. Il était mort de peur !

Soudain, il entendit des éclats de rire et des voix connues qui l'appelaient. Rassuré, mais tout penaud, il enfila son pantalon à la hâte, et se montra enfin à la fenêtre.

« Eh bien, tu en es un courageux, quel trouillard tu fais !

Tu es peureux comme une béate[27] ! » lui dirent en chœur les quatre plaisantins.

Il descendit rejoindre les farceurs et se mêla à leurs rires.

# Le printemps

Une après-midi de fin avril, Claude et Albert entrèrent en courant et en riant à la cuisine pour annoncer :

« La Marie-bonbon arrive, la Marie-bonbon arrive, venez vite la voir ! »

Comme c'était jeudi, et qu'il n'y avait pas école, tous les frères et sœurs accompagnés de quelques camarades, se précipitèrent à l'extérieur pour aller à la rencontre du personnage en question, talonnés par Marie et Bezi.

Venant d'on ne sait où, elle portait toute sa maison sur elle ! En effet, sous ses longues et nombreuses jupes, il paraît qu'il y avait tout son bien : crucifix, chapelet, casseroles, nourriture etc.

Elle ne passait pas inaperçue, ne serait-ce que par le bruit que faisaient les bimbreloques, amassées sous ses robes, lorsqu'elle se déplaçait.

« Elle ressemble à la Tour de Babylone » fit remarquer un grand, un peu plus instruit que les autres, tant le volume de cette dernière était impressionnant.

Les gamins du village l'entourèrent rapidement.

« Vira vous d'ati, sala bestias » (Enlevez-vous de là, sales bêtes), dit-elle en pourchassant les méchants avec les pierres du chemin.

– Té, moun petit, quoès per tu, sias bien sage ! » (Tiens, mon petit, c'est pour toi, tu es bien sage) ajouta-t-elle aux plus gentils, tout en leur distribuant des bonbons (d'où son surnom).

Elle fit le tour du village, proposant de menues besognes en contrepartie de quelques petites pièces de monnaie. Certains lui fermèrent la porte au nez. A la nuit tombée, elle frappa chez les parents de Marie. Le père Legrain, ayant bon cœur, malgré un caractère pour le moins vif, la fit entrer et lui dit :

« Asseyez-vous, ma brave femme, vous souperez bien avec nous . »

Après avoir mangé d'un appétit qui faisait plaisir à voir, elle raconta des nouvelles qu'elle colportait de village en village. Toute la famille l'écouta religieusement car elle possédait l'art de conter.

« Si ça vous fait plaisir, vous coucherez au chaud, dans le foin à la grange. Mais avant, laissez-moi votre briquet ou vos allumettes » lui dit le père. Il prenait toujours cette précaution avec les malheureux qui lui demandaient asile pour la nuit, craignant que certains imprudents mettent le feu à la maison.

« A l'année prochaine, grand merci pour tout, et que Dieu vous bénisse, vous et votre famille pour votre bon cœur » dit la Marie-Bonbon, le lendemain matin, en reprenant sa route qui la menait partout et nulle part.

Quelque temps après, la grand-mère s'adressa ainsi à Marie, un jour où celle-ci n'était pas à l'école :

« Je vais faire les commissions à Queyrières, viens avec moi, tu m'aideras à les porter. »

*Queyrières*
*(Photo : Photosser - 43200 Yssingeaux)*

Fière de pouvoir rendre service à sa mémé, la fillette s'empressa d'acquiescer.

Vêtue de noir de la tête aux pieds, l'aïeule avançait péniblement, s'appuyant d'un côté sur sa canne, un immense cabas noir, disproportionné à sa petite taille, accroché à l'autre bras. Marie marchait près d'elle, accordant son pas au sien. La mémé étant par nature avare de paroles, particulièrement en famille, l'enfant avait tout loisir pour admirer la campagne environnante.

La grisaille du mois d'avril avait fait place à une explosion de fleurs multicolores dans les prés qui, quelques jours avant, semblaient encore sans vie : le violet des pensées sauvages, le bleu très pur des myosotis, le rose vif des phlox sauvages, le jaune des boutons d'or et des innombrables pissenlits se mariaient à ravir avec le vert tendre de l'herbe nouvelle. Au loin, certaines collines étaient entièrement couvertes de genêts d'or. A l'horizon, les sucs[28] se paraient de toute la palette des verts, allant du plus clair au plus foncé.

« Arrêtons-nous, on se reposera un peu », suggéra la grand-mère essoufflée par la montée du Garampou.[29]

Elles s'assirent à l'ombre d'un arbre, car le soleil brillait déjà fort. De là, on apercevait en contrebas, un pré entièrement couvert de narcisses blancs qui faisait dire au père chaque fois qu'il passait à côté :

« Cette herbe vaut rien pour les vaches, je plains son propriétaire ! »

Dans le lointain, de ci de là, quelques pommiers roses et merisiers blancs parachevaient ce tableau dont Marie ne se lasserait jamais.

Cachés dans l'herbe, les cricris[30] chantaient à qui mieux mieux. Une senteur fraîche de renouveau exhalait de la terre : l'odeur du printemps.

S'étant remises en marche, elles aperçurent bientôt Queyrières : une poignée de maisons en pierre, avec un toit en lauzes, se serraient les unes contre les autres comme pour mieux se réchauffer lors des interminables hivers rigoureux. Elles entouraient une charmante église, au clocher pointu, terminé par un coq tournant aux quatre vents. Cette dernière était adossée à un rocher noir bleuté, aux formes

*Le rocher d'orgues volcaniques*

particulières. La fillette apprit plus tard, qu'il était fait d'orgues volcaniques.

Arrivées sur la place du village, elles firent une nouvelle halte, s'asseyant sur le vieux banc, à l'ombre d'un immense tilleul bicentenaire.

Pointant un doigt en direction de l'horizon bosselé, l'aïeule dit à sa petite-fille :

« Regarde là-bas comme c'est joli, c'est les Monts du Velay ; par temps clair, on aperçoit la Vierge du Puy. »

Près de l'abreuvoir des vaches où une eau claire et pure, venue de la montagne, coulait gros comme le bras – été comme hiver – se trouvaient deux commerces : un café et une boulangerie.

Elles finirent enfin par arriver à l'épicerie située sur l'autre versant escarpé du village.

« Bouonzour maïre Legrain, bonjour petite Marie, véné faïre las coumissious ?

(Bonjour mère Legrain, bonjour petite Marie, vous venez faire les commissions ?), interrogea Berthe, la patronne des lieux, toujours bien avenante.

– Bouonzour Berto, vas bien ? (Bonjour, Berthe, tu vas bien ?), répondit la mémé.

– Aquo vaï, tsaou pas touzour se plaindre ! (Ça va, il ne faut pas toujours se plaindre !)

– Asseta-vous, maïre Legrain, de qué vous tzaoou ? » (Asseyez-vous, mère legrain, que vous faut-il ?)

Marie ouvrait de grands yeux devant l'abondance et la variété des articles présents : l'épicerie voisinait sans complexe avec les vêtements de travail, les galoches, les sabots, la quincaillerie, etc.

Les courses finies, Berthe tendit à la fillette une fraise en pâte d'amande, saupoudrée de sucre qui lui laissa les doigts et la langue tout rouges.

« Au revoir, mère Legrain, allez doucement, vous tombez pas au moins ! Bien le bonjour à toute la famille, recommanda Berthe, toujours en patois.

– Te fais pas de soucis, ma Berthe, j'irai "tout plan-plan", à une autre fois », répondit la grand-mère.

Sur le chemin du retour, entendant chanter le coucou pour la première fois de l'année, la mémé dit à la fillette :

« Regarde vite dans tes poches, si tu as une pièce de monnaie : si oui, tu seras riche toute l'année ! »

Marie eut beau fouiller dans toutes ses poches, elles étaient désespérément vides : la richesse ne serait pas encore au rendez-vous pour cette fois !

Tout au long du chemin du retour, la fillette aida de son mieux la mémé à porter le lourd cabas.

Du plus loin qu'il les aperçut, Médor vint les accueillir, jappant de joie et bondissant autour d'elles.

# Le mois de Marie

Le soir venu, après la traite des vaches, Albert qui revenait de l'extérieur annonça :

« La cloche de l'assemblée sonne, il faut y aller, c'est l'heure ! »

Comme tous les jours depuis le début du mois de mai, la famille se rendit au "mois de Marie".

La plupart des habitants du village s'étaient déjà regroupés dans la salle de réunion, située au rez-de-chaussée de l'assemblée, une toute petite maison, habitée autrefois par la Béate.

*L'assemblée*

La statue de la Sainte-Vierge reposait sur un autel recouvert de jolies dentelles et de vases pleins de fleurs : lilas, pivoines, narcisses, éclos au mois de mai, embaumaient l'air. Leur odeur évoquera à Marie, pendant toute sa vie, ces moments précieux de son enfance.

Une multitude de bougies brûlaient pendant tout l'office. On récitait des chapelets sans fin, on entonnait de bon cœur et sans complexe les louanges de Notre Mère.

Les garçons et les filles jouaient à ceux qui chanteraient le plus fort, et tant pis pour les "canards" !

Les prières finies, les garçons glissaient des mouneïres[31] dans le décolleté des filles qui, dès la mi-mai, revêtaient des robes légères.

« Aïe, aïe, aïe, qu'ils sont bêtes ces garçons ! », criaient-elles en riant et en se secouant, afin que le gros insecte bruyant tombe de sa cachette.

Marie espérait y rencontrer son petit camarade, mais malheureusement, il n'y était pas, la famille Deschêne se mêlant rarement à la vie du village et, le lendemain à l'école, elle n'osa pas lui en demander la raison.

« Tuez[32] les bougies ! » demanda la responsable de l'assemblée aux jeunes, à la fin de l'office.

La famille Legrain s'attarda encore un peu, pour prendre des nouvelles des uns et des autres, puis rentra à la maison.

# La Fête Dieu

Par un beau dimanche de début juin, Marie revêtit sa plus jolie robe : celle que l'on conservait précieusement pour les grandes circonstances.

« Viens là, Minou que je te coiffe », lui demanda Thérèse.

Après avoir lissé les longs cheveux noirs et brillants de la fillette, elle les sépara par une raie médiane et lui fit deux belles nattes encadrant délicieusement le visage enfantin. Puis, elle lui passa un large ruban bleu autour du cou. Celui-ci maintenait à hauteur de poitrine une corbeille en osier, garnie de fines dentelles, qui débordait de pétales de fleurs : genêts d'or, pivoines, narcisses, roses, éclos en cette fin de printemps.

« Tu les sèmeras tout le long de la procession » lui rappela la grande sœur

Bezi, trop jeune pour participer à la cérémonie de la Fête Dieu, regardait tous ces préparatifs d'un œil curieux. Tout en semant ses fleurs et en écoutant les prières et les cantiques, Marie admirait les arbustes épineux bordant l'itinéraire. Pour l'occasion, ils étaient garnis de fleurs en papier que les femmes avaient confectionnées lors des veillées hivernales.

La nature entière : soleil, fleurs des champs, mélodies des oiseaux et des grillons, tout semblait rendre hommage à Dieu.

Le long cortège bruyant et coloré revint enfin à l'église où Marie retrouva avec plaisir sa grande sœur.

# La fin des classes

Les grandes vacances approchaient. Au fil des jours, Marie et son camarade de classe avaient fait plus ample connaissance et étaient devenus inséparables.

Mathias ne manquait jamais une occasion pour faire plaisir à la fillette. A la récréation, ayant remarqué le regard envieux de cette dernière pour ses goûters qui sortaient de l'ordinaire, il les partageait avec elle.

Certains jours, il lui apportait quelques crayons de couleur, de belles images et autres menus cadeaux qu'elle recevait avec un grand plaisir.

Marie appréciait que ce soit la maman du petit garçon qui vienne l'attendre à la sortie de l'école. Outre l'admiration qu'elle suscitait par sa beauté et son élégance, elle était toujours souriante, contrairement à son mari. D'ailleurs, la fillette avait remarqué que Mathias semblait beaucoup l'aimer.

– Marie Legrain et Mathias Deschêne, je vous félicite : vous avez bien travaillé cette année, continuez comme cela, vous irez loin! », leur dit la maîtresse à la fin de l'année scolaire. En effet, ils étaient les seuls à savoir lire avec presque un an d'avance.

Ainsi, peu à peu, ils étaient devenus les meilleurs amis du monde, et ce, malgré leur différence sociale.

En effet, Mathias était le dernier des trois enfants du plus riche paysan de la région, celui-là même qui avait ignoré la petite sœur de Marie et sa mère dans le car, à leur retour de la maternité du Puy.

Outre la ferme qui lui appartenait et qui comptait une trentaine de vaches, des brebis et quelques chevaux, Monsieur Deschêne possédait des hectares de bois de sapins et de nombreuses autres propriétés qu'il louait aux uns et aux autres. Sa femme, fille unique de châtelains de la région, avait hérité de tout cela à la mort de ses parents, survenue de façon accidentelle et précoce. Par contre, lui-même était issu d'une famille modeste du pays.

Les parents de Marie, bien que propriétaires de leur petite ferme de cinq ou six vaches, étaient semblables à la majorité des gens du village.

« J'espère qu'en octobre prochain on sera à nouveau à côté, dit Mathias à sa camarade, avant de la quitter le dernier jour de l'école.

– Moi aussi » répondit la fillette qui, surmontant sa timidité, s'approcha pour lui effleurer la joue d'un baiser furtif, qui laissa le petit garçon étonné, mais plein de joie.

Rougissant, il rejoignit sa mère qui observait la scène en souriant.

## Les grandes vacances

« Peaux de lapins, peaux de lapins! »

Marie et Bezi qui entendaient cela pour la première fois, sortirent sur le pas de la porte. Etonnées, elles regardèrent l'homme qui s'approchait tout en continuant à crier :

« Peaux de lapins, peaux de lapins! »

En ce début de juillet, les frères et sœurs étant dans les champs avec le père, elles se retrouvaient seules à la maison avec la mère et la mémé.

Alertée par le bruit, leur mère les rejoignit. L'homme arrivait maintenant devant la maison, un solide bâton sur l'épaule, au bout duquel pendaient de nombreuses peaux de lapins.

« Attendez-moi deux minutes, je vais en chercher », lui dit la mère qui s'empressa de se rendre à l'étable suivie par les deux fillettes. Elle décrocha plusieurs peaux de lapins qui pendaient au plafond, dans un coin sombre, parmi les nombreuses toiles d'araignées. Retournées à l'envers et gonflées de paille, elle effrayèrent un peu Marie et Bezi qui ne les avaient jamais vues d'aussi près.

La mère les tendit alors à l'homme qui les lui acheta moyennant quelques menues pièces de monnaie. Puis il continua sa route, tout en interpellant les villageois.

« Qu'est-ce qu'il en fait ? interrogea Marie.

– Il les revend à un gros marchand qui en fabrique des pantoufles, des manteaux, des manchons comme ceux que la tante Anna de Saint-Etienne porte à son manteau en hiver », expliqua la mère aux fillettes toutes surprises, et un peu peinées d'apprendre qu'on pouvait transformer les lapins en articles de ce genre.

« Marie, tu veux pas aller me chercher une bobine de fil blanc chez la Louise, j'en ai plus ? demanda un moment après la mémé qui était en train de raccommoder.

– Ne traîne pas, le temps est lourd, les poules se grattent, ça m'étonnerait pas qu'il fasse orage », ajouta-t-elle à l'enfant qui était déjà dehors.

La fillette courut chez la voisine. Cette dernière sarclait des légumes dans son jardin. Marie dut donc attendre un moment.

« Tiens, en voilà une, te presse pas pour me la ramener, j'en ai pas besoin d'aujourd'hui, mais dépêche-toi de rentrer, il commence à pleuvoir » lui recommanda la Louise, avec un bon sourire.

La fillette était sur le pas de la porte lorsqu'un éclair zébra le ciel, suivi d'un gros coup de tonnerre. Effrayée, elle se retourna brusquement pour se mettre à l'abri chez la voisine, ses sabots dérapèrent sur la grosse lauze mouillée qui se trouvait devant la porte, une douleur aiguë lui traversa le genou et elle s'écroula en pleurant.

« Aïe, aïe, aïe, ma petite, tu te seras bien fait mal ! » compatit la Louise en prenant la fillette dans ses bras. Elle la déposa sur son lit et envoya vite un de ses enfants avertir la famille de Marie, tout en essayant de la calmer comme elle le pouvait.

« Pleure pas, va, ma petite, attends je vais te donner des bonbons. »

Les parents de Marie arrivèrent aussi vite qu'ils le purent.

« Tu pouvais pas faire attention! » clama le père Legrain en guise de consolation. En effet, il ne s'attendrissait que très rarement. Comme beaucoup d'hommes à la campagne, à cette époque, il était rude et refusait d'extérioriser toute tendresse. A ses yeux, comme à ceux de sa mère d'ailleurs, les démonstrations affectives étaient ridicules et signes de faiblesse.

Sa femme, pour ne pas essuyer de réflexions désagréables, s'abstint d'embrasser la fillette. Mais, étant mère poule à l'extrême, souvent, elle souffrait de ne pouvoir montrer son amour à ses enfants comme elle l'eût souhaité. C'était en cachette de son mari et de sa belle-mère qui vivait en permanence avec eux, qu'elle "mangeait" ses petits de poutous, comme elle le disait elle-même.

« Mama ! », appelait Marie, tendant les bras à sa mère, tout en sanglotant. N'y tenant plus, cette dernière la prit dans ses bras et l'emmena à la maison.

Constatant que le genou gauche de l'enfant était très enflé, le père qui malgré tout, n'était pas un mauvais bougre, annonça :

« Je vais voir si le cousin peut l'emmener chez le rhabilleur, tenez vous prêtes à partir.

– Ne bouge pas trop, Minou, sinon tu auras encore plus mal. On va aller voir un monsieur qui te guérira », lui dit la maman tout en profitant de l'absence du père pour câliner la fillette qui, peu à peu, se calmait, l'amour de sa mère agissant comme un baume sur sa douleur.

Au bout d'un moment, le père revint accompagné de son parent. Ce dernier allongea délicatement Marie dans la charrette. Il prit la précaution de lui caler la jambe blessée et la couvrit. Sa mère s'installa près d'elle, le cousin s'assit devant et prit les rênes pour guider le cheval. Fatiguée d'avoir tant pleuré, bercée par les cahots de la carriole, la fillette s'endormit rapidement.

Lorsqu'elle se réveilla, elle fut surprise de constater qu'elle était couchée sur une table dans une maison inconnue. Le visage souriant de sa mère la rassura un peu.

« Aie pas peur, va, je vais arranger ton genou ; je te ferai pas mal et, dans quelques jours, tu pourras à nouveau courir comme un cabri ! », lui assura un monsieur à la figure avenante, qui se trouvait près d'elle. Il ouvrit un placard encastré dans le mur, en sortit une poire qu'il tendit à l'enfant.

« Tiens, mange-la, tu me diras si elle est bonne. »

Marie mordit avec plaisir dans la chair fondante du fruit et ... poussa un cri.

« Ça y est, c'est fait », annonça l'homme qui, ayant profité de la distraction de l'enfant, lui avait remis la rotule en place.

« Tu vois, c'était pas bien méchant ; maintenant, je vais te mettre un peu de pommade, ces attelles de bois de chaque côté du genou et le bander. Il faudra que tu les gardes quelques jours et, après, tu seras comme avant. »

La douleur ayant disparu comme par enchantement, un beau sourire illumina le visage de Marie.

Après avoir remercié le rebouteux, la mère emporta la fillette dans la charrette où le cousin les attendait. Ils reprirent le chemin du retour, pour arriver à la maison juste avant la nuit.

## Rencontre avec les voisines et la cueillette des fruits sauvages

« Bonjour Noémie, comment ça va ? », demanda la mère à une petite femme chétive allongée dans son lit, en pénétrant dans une chambre sombre. Marie qui l'accompagnait, fut rebutée par l'odeur nauséabonde qui s'en dégageait.

« Bonjour toutes deux, c'est bien gentil de venir me voir, le temps est long quand on est toujours couchée, répondit cette dernière dans une quinte de toux.

– Tiens, je t'ai apporté une tablette de chocolat et une demi livre de café, je sais que tu les aimes.

– Il fallait pas te déranger, tu as déjà bien assez à faire tous tes petiots! Petite Marie, va voir sur le rebord de la fenêtre du castou[33] des cochons, il y a quelque chose pour toi. C'est moi qui l'ai fabriqué, tu me diras si ça te plaît », ajouta-t-elle s'adressant à l'enfant.

Intriguée, la fillette se dépêcha d'y aller. Elle découvrit une petite poupée en chiffon habillée d'un corset. A cette époque, à la campagne, toutes les petites filles en portait un, afin d'avoir bien chaud aux reins. Une joie immense la submergea : c'était sa première poupée et la seule qu'elle eût durant toute son enfance !

En effet, d'une part, ayant cinq frères et deux sœurs un peu garçons manqués, elle était la seule à avoir des goûts très féminins en ce qui concernait les jeux ; d'autre part, à l'époque, les parents n'avaient pas d'argent pour offrir des jouets. La famille Legrain n'échappait pas à la règle. Les enfants devaient se contenter de ceux très rares que les tontons et les tatas de la ville apportaient lorsqu'ils venaient passer quelques jours à la maison, ces derniers préférant souvent acheter des choses utiles.

« Pourquoi elle tousse comme ça la dame? demanda Marie à sa mère sur le chemin du retour.

– Elle a pris froid et elle a une pleurésie.

– J'espère qu'elle guérira vite, car elle est bien gentille, affirma la fillette ravie de son cadeau.

– Je vois que tu es contente, on retournera la voir, ça lui fera plaisir » ajouta la mère en arrivant à la maison.

Après souper, une fois les travaux de la ferme achevés, la famille Legrain se mit à genoux, face au crucifix accroché au mur, pour faire la prière comme tous les soirs avant d'aller au lit.

« On va prier pour que la Noémie guérisse vite », suggéra la mère encore attristée par sa visite.

La mémé commença à égrener son chapelet, récitant à haute voix des “Notre Père” et des “Je vous salue Marie” imitée par tous les membres de la maisonnée.

Bezi qui était en colère après Marie, certainement un peu jalouse que la mère ne l'ait pas emmenée avec elles l'après-midi, se mit à dire très fort, afin que tous l'entendent :

« Sainte pas Marie » en insistant lourdement sur le “pas”, ce qui fit rire tout le monde. Elle devait croire que la prière s'adressait à sa sœur Marie et pensait la punir de cette façon là !

Pendant l'été, lorsqu'elles n'étaient pas occupées dans les champs, les voisines venaient passer une partie de l'après-midi chez la mère Legrain.

« Tu as de jolis trèfles, s'exclama la Victorine en arrivant, s'extasiant devant la multitude de petites fleurs roses qui frissonnaient sous la brise. Plantés dans de vieux coulaïres[34] un peu rouillés, ils égayaient la fenêtre de la cuisine.

– Si ça te fait plaisir, je t'en donnerai une bouture, mais finis de rentrer, et viens t'asseoir, lui répondit la mère.

– On vous dérange, vous avez déjà du monde, s'excusa la Louise en arrivant quelques minutes après, accompagnée par sa fille aînée, la Pierrette.

– Mais non, mais non, rentrez vous », assura la maîtresse de maison avec un bon sourire.

Après avoir bu le café, chacune des femmes présentes sortit son ouvrage. La mémé continua à filer la laine de mouton à l'aide de sa quenouille et de son fuseau. La mère sortit son crochet pour border d'un joli feston des combinaisons en laine rose qu'elle avait tricotées pour Marie et Josette. Lorsqu'elles seraient finies, elle accrocherait sur le devant de chacune d'elles, une médaille bénie de la Sainte-Vierge que quelqu'un lui avait apporté de La Louvesc. Elle était convaincue que la Sainte Mère protégerait ainsi les deux fillettes. La Victorine ayant fait suivre son carreau, se mit à faire de la dentelle.

« Oh, que quoès gentieu! (Oh, que c'est joli !) s'exclamèrent-elles à plusieurs en voyant la Louise et sa fille, brodant l'une un drap, l'autre une taie d'oreiller.

– Et il faut qu'on se dépêche, répondit la Pierrette en souriant, je me marie bientôt, et mon trousseau n'est pas fini !

– Ah, maintenant, les jeunes en ont de la chance ; de mon temps, "on avait rien", fit remarquer la grand-mère, approuvée d'un hochement de tête par la Victorine.

– A part ça, quoi de neuf ? Demanda la mère au bout d'un moment, pour relancer la discussion.

– Hier, j'ai rencontré Zandou (Petit Jean) devant sa maison, commença à expliquer la Pierrette. Il veut sûrement se faire passer pour un instruit car il tenait un journal devant lui ; j'ai fait celle qui ignore qu'il ne sait pas lire et lui ai dit : Alors Zandou, les nouvelles sont bonnes ?

– Oh, m'en parle pas, va, je crois bien qu'on va encore avoir la guerre !

– Ah bon, et pourquoi ?

– Eh bien, regarde, ils sont tous les jambes en l'air ! » me répondit-il en me montrant les photos du journal qu'il tenait à l'envers.

Un éclat de rire général clôtura l'anecdote.

« Marie et Bezi, si vous alliez vous amuser dehors, il fait beau ; mais non, elles sont comme les piou-piou[35] toujours à côté de la clousse[36], remarqua la mémé d'un ton autoritaire. »

Mais les fillettes restèrent auprès de leur mère, intéressées par les histoires des unes et des autres. Les distractions étant rares à l'époque, à la campagne, la venue des voisines en était une, appréciable.

« Mais j'y pense Pierrette, tu es bien de la classe[37] de la fille aînée Deschêne? Tu étais peut-être invitée à son mariage samedi dernier ? demanda la Victorine.

– Pensez-vous ! répondit la mère de celle-ci, on dit que les filles ressemblent souvent au père, et chez eux, c'est bien vrai, la demoiselle Deschêne est méprisante et faiseuse d'embarras comme lui.

« Il y avait personne du village à la noce : on marque pas assez bien, on leur aurait fait honte ! Pensez, on dit que le marié est le fils d'un gros industriel de Paris qui a je sais pas combien d'usines ! Il paraît que la robe de la mariée a coûté au moins le prix de deux jolies vaches ! On voit bien qu'ils savent pas comment on les gagne les sous ! D'après le sacristain, l'église était pleine de fleurs, et tout du monde habillé au dernier cri. Devant la mairie : des belles voitures décorées de rubans blancs ; on avait jamais vu ça à Queyrières! C'est Berthe qui me l'a raconté, de son épicerie, elle voit tout ce qui se passe sur la place.

– Oh, c'est du tralala, tout ça, tout ce qui brille n'est pas d'or, répondit la mémé, moi j'en suis pas jalouse, c'est pas ça qui fait le bonheur. C'est pas parce qu'il y a beaucoup de sous, qu'elle s'entendra mieux avec son homme : au contraire peut-être, parce qu'ils ont dû être gâtés[38] tous les deux et, quand il faudra plier, ça sera dur!

– Malgré tout, riche ou pauvre, et même si elle nous dédaigne, je lui souhaite d'être heureuse. Vous savez, la vie est longue et, un jour ou l'autre, on a bien tous nos peines ! » conclut la mémé qui, malgré son caractère emporté, avait bon fond.

« C'est le moment d'aller ramasser les barbines[39], il faut pas attendre qu'il gèle, annonça le père, une après-midi de fin septembre.

– Michel et Paul, allez lier le “Mour Blanc” et la “Pounote”, et attelez-les au char. N'oubliez pas d'y mettre les sacs de pommes de terre vides », commanda-t-il aux deux aînés qui obéirent aussitôt. Marie, accompagnée de ses frères et sœurs, s'assit sur le char, le père marchant devant les vaches pour les guider jusqu'à la forêt voisine.

Une fois arrivés, Michel et Paul crachèrent dans leurs mains puis, avec l'agilité des écureuils, se riant des rameaux cassants qui faisaient fuir, sous leur nez, les oiseaux qui s'y cachaient, ils grimpèrent à la cime des conifères hauts d'une bonne vingtaine de mètres.

Arrivés tout en haut, ils cueillirent les fruits gorgés de graines et gluants de résine, pour les jeter à terre à mesure. Il était grand temps, car ils commençaient à s'ouvrir et bientôt, Dame Nature aurait confié aux quatre vents la dispersion de leur semence.

« Faites pas les zouaves là-haut, c'est dangereux, vous pourriez vous tuer en tombant. Tenez-vous toujours fermement à une branche solide. Si le vent vient à souffler fort, attrapez l'arbre à la brassée, et attendez que ça passe », conseilla le père aux deux garçons perchés à la cime des arbres.

Il fit des fagots avec les branches mortes qui jonchaient le sol. Pendant ce temps, les enfants remplirent les grands sacs en toile de jute de pommes de sapins qu'on rangeait aussitôt sur le char.

« S'il fait beau, on reviendra demain matin et, cette fois, on apportera le casse-croûte de midi, la journée profitera mieux. Il faut finir cette fin de semaine, le camion vient tout ramasser lundi prochain. On se fatigue bien pour pas grand chose. Mais c'est quand même mieux que rien !, expliqua le père, sur le chemin du retour.

« Qu'est ce qu'il en fait le marchand de toutes ces barbines? demanda Roger.

– Je crois qu'il les revend à une usine qui en extrait les graines pour la semence, et la résine pour faire de la colle, répondit Michel.

– Oh, mes mains sont toute sales et collées! Constata Marie d'un air désolé.

– Il faudra les frotter avec du saindoux, puis les laver au

savon de Marseille » conseilla alors Paul qui était habitué depuis deux ou trois ans à ce genre de désagrément.

Après le souper, les reins brisés, harassée de fatigue, toute la famille s'endormit d'un sommeil de plomb.

La récolte des barbines terminée, Marie, accompagnée de ses deux sœurs, de sa mère et de la plus proche voisine, la Maria, partirent faire la cueillette des framboises et des champignons aux deux Mézères[40] un seau accroché au bras.

C'était une belle après-midi de début d'automne où le soleil vous réchauffe agréablement sans vous brûler comme en plein été. Les arbres commençaient à déployer toute une palette de roux, de jaunes et d'ocre, belle à ravir.

Bien qu'âgée de plus de soixante-dix ans, la Maria était encore très alerte. Toute petite, menue, des yeux marrons pétillants de malice dans un visage très expressif et ridé comme une pomme reinette, habituellement, elle n'engendrait pas la tristesse et ne manquait pas d'originalité.

« Regardez, regardez », dit-elle chemin faisant, paraissant soudainement effrayée, et pointant un doigt en direction du ciel.

« Mais cette fois, ça y est, c'est la fin du monde qui arrive ! »

Marie et sa famille levèrent alors les yeux pour apercevoir des traînées blanches qu'un avion à réaction avait laissées dans le bleu de l'azur.

« Mais non Maria, c'est simplement un avion qui a fait cela, tenta de lui expliquer Thérèse.

– Ecoute ma petite, je tombe pas de la dernière pluie, je connais les avions, mais jamais j'ai vu ça après leur passage. Depuis le temps que je dis que c'est bientôt la fin du monde, en voilà une belle preuve. On me prend pour une folle, mais on verra bien qui aura raison!

– Mais Maria, ce sont de nouveaux avions qu'on appelle à réaction. Ils existent depuis peu, c'est peut-être le premier que vous voyez.

– Moi, je vous dis que c'est le Bon Dieu qui nous envoie des signes pour nous avertir. Vous verrez, le ciel ne tardera pas à nous tomber sur la tête. Il y a trop de méchanceté et de jalousie maintenant, c'est obligé que ça finisse comme ça ! ».

Il n'y eut pas manière de la raisonner, et elle resta inquiète toute l'après-midi, alors qu'habituellement elle racontait toujours quelques blagues pour faire rire les autres.

## La rentrée des classes

Ce fut avec plaisir que Marie retourna en classe début octobre. Ainsi qu'ils l'avaient souhaité, Mathias et elle-même se retrouvèrent à nouveau côte à côte sur les bancs de l'école.

« Cette année, on passe aux choses sérieuses, vous allez abandonner le crayon papier et écrire avec un porte-plume », leur annonça la maîtresse.

Cette fois, en plus du cahier neuf, ils eurent droit à un buvard, jaune pour le petit garçon, bleu pour la fillette.

Un encrier rond, en porcelaine blanche, était encastré en haut et à droite de leur bureau respectif.

« Ne prenez pas trop d'encre à la fois, sinon gare aux taches, regardez comment je fais, leur recommanda l'institutrice en joignant le geste à la parole.

– Vous allez recopier ces deux paragraphes » ajouta-t-elle en les désignant sur le livre de lecture.

A la fin de la matinée, les doigts tachés d'encre violette et fatigués d'avoir tant peiné, ils avaient tracé quelques phrases malhabiles sur leurs cahiers.

« Pour un début, ce n'est pas trop mal », assura la maîtresse, mais il faudra quand même vous appliquer. »

De jour en jour, leur écriture embellit, et bientôt ils arrivèrent à former les belles boucles, les pleins et les déliés qui en faisaient le charme à l'époque.

Bien sûr, Mathias avait le plus beau porte-plume de la classe : on apercevait la Tour Eiffel par un petit trou situé au milieu du manche rond en corne colorée, aplati à son extrémité.

Dans le courant de l'année, il fit la surprise à Marie de lui en offrir un à peu près semblable, avec cette fois une reproduction de la Vierge de Lourdes. La fillette en ressentit une joie intense, et elle le conserva précieusement de nombreuses années.

« Oh, les amoureux, oh les amoureux ! » se moquaient parfois les autres enfants à la récréation, un peu jaloux de leur amitié exclusive. Ils rougissaient alors tous les deux, haussaient les épaules, mais continuaient quand même à jouer ensemble, ignorant le reste du monde.

« Puisque vous avez été bien sages, je vais vous lire un conte », leur annonçait souvent la maîtresse, le samedi après-midi.

Marie l'écoutait, suspendue à ses lèvres, raconter Blanche-Neige ou Cendrillon, imaginant facilement être l'héroïne du conte, et Mathias le prince charmant bien entendu ! Ses yeux noirs en brillaient de plaisir et ses joues rosissaient lorsqu'elle réalisait son audace.

De temps en temps, l'institutrice donnait des cours de puériculture aux "grandes" qui arrêtaient l'école après le certificat d'étude. Entendant parler "bébé", Marie oubliait un peu son travail pour écouter les explications de la maîtresse qui la passionnaient bien plus que le devoir d'arithmétique qu'elle était en train de faire.

« Combien tu as de bons points et d'images? » demandait parfois la fillette à son camarade. Il sortait alors deux jolies boîtes de tailles différentes de son pupitre : la petite contenant les bons points, la plus grande les images. La fillette devait se contenter de boîtes d'allumettes vides pour ranger ces derniers.

Par une sorte de compétition tacite, voulant s'épater mutuellement, ils s'efforçaient de bien travailler afin d'en obtenir le même nombre : un bon point récompensant un bon devoir ou une leçon sue, une image valant dix bons points.

Un photographe du Puy faisait son apparition chaque fin d'année scolaire. Il demandait aux élèves de s'aligner par ordre de grandeur, dans la cour de l'école. Marie en était un peu contrariée, car, pour une fois, elle était séparée de Mathias un peu plus grand qu'elle. L'artiste installait son matériel encombrant sur une sorte de trépied, le tout recouvert d'un drap noir.

« Souriez et regardez le petit oiseau qui va sortir par là », leur disait-il en désignant le trou de l'objectif.

La famille Legrain achetait rarement la photo de classe, car comme beaucoup d'autres, elle n'avait pas d'argent pour ce genre de fantaisie.

Pendant les vacances d'été, la mère Legrain accompagnée de Marie, alors âgée de huit ans, allait quelquefois rendre visite à un arrière-oncle célibataire. Il habitait de l'autre côté de l'immense forêt du Meygal à quatre ou cinq kilomètres de leur hameau, près de Queyrières.

Faisant le voyage à pied, elles passaient d'abord près de la fontaine Saint-Régis où la mère n'oubliait jamais de s'y laver les yeux, assurant que sa vue, qu'elle avait très mauvaise, s'améliorait pendant quelques jours. Puis, elle en expliquait la légende à la fillette :

« En son temps, saint Régis passant par là, comme nous, à pied, eut soif. Il fit un trou dans le rocher avec sa canne : l'eau jaillit aussitôt. Plus tard, on y a construit cette fontaine surmontée d'une croix, en l'honneur du saint homme. »

En traversant la forêt, pendant que Marie se régalait de myrtilles, de framboises ou de mûres sauvages, la mère cueillait de grosses marguerites jaunes au cœur marron : l'arnica. Elle les ferait macérer dans de l'huile pour soigner les petites blessures de sa nombreuse progéniture.

Le chemin étant long, elle en profitait pour raconter les souvenirs de sa jeunesse à Marie :

« Quand j'avais ton âge, c'était les sœurs religieuses qui faisaient l'école aux filles dans le village. On y allait seulement de la Toussaint à Pâques et de six ans jusqu'à la première communion. Il fallait aider les parents à la ferme.

Pour eux, c'était bien plus important que de nous faire instruire. Cependant, ton grand-père envoya mes deux frères à l'école laïque du gros bourg voisin, jusqu'au certificat d'études pour qu'ils sachent se débrouiller lorsqu'ils feraient leur service militaire.

Mais nous les filles, on était souvent placées pour garder les vaches chez ceux qui n'avaient pas d'enfant. A l'époque, les gens étaient très pauvres, il fallait que les enfants apportent quelques sous à la maison si on voulait manger !

Sur le mur, au fond de la classe, les Béates avaient affiché une image immense représentant un diable noir. Avec sa fourche, il torturait les damnés dans un grand feu. Dès qu'on désobéissait tant soi peu, elles nous le montraient, en nous disant qu'on irait brûler en enfer! Je me rappelle que j'en avais une peur épouvantable. Heureusement qu'on raconte plus des bêtises pareilles aux enfants maintenant ! »

Marie était toute triste en apprenant que sa mère avait vécu de pareilles choses.

« Venez vite vous asseoir et vous reposer un peu, vous devez être fatiguées après une si longue marche », leur dit un solide gaillard barbu, à l'aspect sympathique, lorsqu'elles arrivèrent devant sa maison ; c'était l'oncle Gustou (Auguste).

Il leur offrit un verre d'eau bien fraîche qu'il venait de tirer de son puits, et une belle tranche de pain bis recouverte du miel de ses abeilles.

La mère Legrain était sa nièce préférée ; car contrairement à ses nombreuses sœurs, elle avait choisi de vivre à la campagne. En effet, les autres étaient toutes parties à la ville, Lyon ou Saint-Chamond. Aux yeux du vieil homme, c'était des dévergondées! Préférer l'usine, les heures de ménage chez les bourgeois, le bruit, les mauvaises odeurs à ses bois et à ses champs, était pour lui tout à fait incompréhensible ; c'était absolument contre nature.

« Venez un peu par ici », leur demandait-il, lorsqu'elles eurent avalé la dernière miette.

Il les entraîna alors dans une minuscule cave située à côté de la cuisine. Sur le sol en terre battue, un gros tas de pommes de terre, et dans un coin sombre, bien cachée, une biche[41] en terre cuite. Il en sortit un vieux portefeuille d'où il extirpa un gros billet.

« Tiens, c'est pour toi, tu dois bien en avoir besoin avec tous tes petits, ajouta-t-il avec un bon sourire.

– Vous me donnez toujours quelque chose, je vais plus oser venir vous voir, vous allez bien finir par croire que je viens que pour ça ! Enfin, merci beaucoup quand même.

– Mais non, mais non, ma petite, ta visite me fait grand plaisir. Tu es la seule qui “ait bien tourné”, et qui ait les mêmes idées que moi au sujet de la campagne. Et puis moi, je suis tout seul, j'ai pas besoin de tout cet argent, je te le donne de bon cœur, va !

– C'est pas que le temps me dure avec vous, mais il faut qu'on reparte si on veut arriver avant la nuit », fit remarquer la mère après avoir bavardé un long moment de choses et d'autres.

« Il est gentil ce vieux tonton, constata Marie sur le chemin du retour.

– C'est un bien brave homme, approuva la mère. Il a parfois des idées d'autrefois, mais c'est peut-être parce qu'il est resté vieux garçon ; à l'époque où les premiers billets de banque firent leur apparition, il refusa d'échanger ses Louis d'or contre quelques morceaux de papier qui pourraient prendre feu! Il paraît qu'il alla les enterrer dans un coin de la forêt, mais voilà, personne ne connaît l'endroit. »

Cette anecdote laissa Marie rêveuse un moment : savoir où se trouvait le trésor du tonton Gustou !

Afin que la fillette trouve le temps moins long, la mère continua à raconter des histoires du temps passé :

« Vers les huit - dix ans, j'allais souvent garder les vaches de mes parents dans un pré un peu éloigné de la maison. Je les détachais d'abord de leur crèche, puis, après avoir grimpé sur la murette qui borde le chemin, je sautais sur le dos du seul cheval de la ferme. Les vaches passaient devant nous, et je les guidais du haut de ma monture en utilisant mon bâton, s'il le fallait.

Arrivée dans le pré, je m'asseyais à l'ombre d'un arbre et sortais mon ouvrage, du crochet ou du tricotage, car il s'agissait pas de rester sans rien faire!

Le troupeau comprenait également une chèvre particulièrement dévergondée. Lorsque j'en venais pas à bout, je lui attachais la queue avec celle d'une vache. Celle-ci, sûrement très contrariée, partait en courant jusqu'à la ferme, suivie bon gré mal gré, par la chèvre qui, elle, se trouvait en marche arrière, par la force des choses. Mes parents, en voyant arriver cet attelage, pouvaient pas s'empêcher de rire et me grondaient pas trop. »

Marie éclata de rire et fut toute surprise de constater que sa mère, qu'elle trouvait si raisonnable, ait pu être aussi coquine et intrépide dans son enfance.

« Je devais avoir à peine dix ans, enchaîna la mère, quand j'ai eu la plus belle frayeur de ma jeunesse : je gardais les vaches dans le Meygal lorsque j'entendis : groin, groin, groin, groin ; j'ai aussitôt pensé : c'est peut-être un sanglier qui vient par là ! J'étais vraiment pas rassurée. Je commençais à regarder sur quel arbre j'allais pouvoir grimper pour qu'il me fonce pas dedans, lorsque j'aperçus au bout du chemin "une mécanique" qui avançait à vive allure : même en courant très vite, j'aurais pas pu la suivre! Sur cette mécanique, un homme tournait une roue, et en arrivant près de moi, elle fit à nouveau : groin, groin, groin, groin.

Les vaches et les chèvres étaient aussi effrayées que moi. Mon chien lui partit après, essayant de lui mordre les roues. Le monsieur que je connaissais pas, me sourit gentiment et continua sa route sur son engin fumant et pétaradant. Le soir, mon père m'expliqua que c'était une voiture automobile. C'était la première que je voyais et j'en eus drôlement peur ! »

Il faisait presque nuit, lorsqu'elles arrivèrent à proximité de leur village.

Dis mama, pourquoi il y a ce visage dans la lune ? demanda Marie, désignant l'astre déjà apparu dans le ciel.

– Il y a bien longtemps, un homme coupa des genêts un dimanche : le jour du Seigneur, où il est interdit de travailler. Pour sa punition, le Bon Dieu l'a envoyé dans la lune. C'est pour ça que, de temps en temps, on voit sa figure. »

Cette explication laissa Marie perplexe.

Enfin arrivées à la maison, après avoir mangé la soupe et dit “deux mots” de prière avec les autres membres de la famille, elles furent heureuses de retrouver leur lit pour un repos bien mérité.

« Bonjour, tout le monde, allez messieurs, suivez moi et venez écouter un peu mon sermon ; après, je vous le promets, je viendrai trinquer avec vous », proclama, un dimanche matin d'été, le curé de Queyrières aux hommes qui s'étaient trompés de porte : ils étaient rentrés au café, plutôt que d'aller à l'église.

Ces derniers se levèrent en plaisantant et le suivirent aussitôt. La petite église était pleine, les hommes d'un côté, les femmes de l'autre.

La porte étant restée ouverte, on entendit, à plusieurs reprises, chanter le coq de la ferme voisine, pendant que le prêtre, du haut de sa chaire, essayait de ramener ses ouailles sur le droit chemin, si besoin était.

Solennelle, Marie, assise près de sa mère, trouvait le temps long. Pour meubler son ennui, elle contemplait les habits du dimanche des fidèles assemblés. Soudain, se rappelant la scène à laquelle elle avait assisté un mois auparavant, elle prit le fou rire : ses parents avaient acheté un beau pantalon à Claude à l'occasion de sa communion solennelle. Un dimanche matin, alors qu'il dormait encore, Albert l'enfila, se coiffa avec soin et le voilà parti pour se rendre à la première messe, fier comme un paon !

Claude se réveilla alors, s'aperçut que son pantalon avait disparu, et, jetant un œil par la fenêtre, vit le voleur parader avec. Son sang ne fit qu'un tour ; s'habillant en vitesse, il s'élança derrière le coupable. La fureur décuplant sa force, il eut vite fait de le rattraper. Sans plus de façon, il lui quitta le pantalon au beau milieu du chemin, au vu et au su de tous les voisins. Ceci, au plus grand dépit de son jeune frère qui en eut une honte épouvantable.

La fillette en était là de ses réflexions, et avait toutes les peines du monde à contenir son rire, lorsqu'on entendit clamer très fort :

« Nom de D... de nom de D... »

Les fidèles qui, l'un derrière l'autre, se dirigeaient vers l'autel pour communier, se figèrent sur place et regardèrent qui avait osé blasphémer ainsi dans un lieu saint. C'était Ludovic, un pauvre innocent, que sa chaise avait suivi lorsqu'il voulut rejoindre la procession des fidèles. Un mauvais plaisantin la lui avait attachée à la ceinture de son imperméable !

Le prêtre abasourdi, arrêtant la distribution d'hosties, leva les yeux en signe d'opprobre et observa : « Celui qui a eu le mauvais goût de faire cette farce est davantage à blâmer que cet homme. »

Les dévotes, mains jointes, redoublèrent d'ardeur dans leurs prières, implorant de plus belle la clémence du ciel. Marie, trop jeune pour comprendre l'ampleur du blasphème, éclata franchement de rire, suivie par une partie de l'assemblée. Le dimanche suivant, à la grand messe, ce brave Ludovic, plein de remords d'avoir juré de la sorte et pour se faire pardonner, mit dans le plat de la quête le plus gros billet de banque existant à l'époque.

Le curé le restitua à sa mère en lui disant :

« Reprenez cet argent, ma pauvre femme, je me doute qu'il provient du veau que Ludovic a vendu jeudi dernier. Vous en avez sûrement bien besoin. Et puis le Bon Dieu connaît votre fils, il sait qu'il n'est pas méchant pour deux sous, c'est la colère qui lui a dicté ces paroles ! »

Dans le courant de la semaine, Michel qui était apprenti électricien au Puy, apporta un soir à la maison une sorte de grande boîte rectangulaire. La façade percée d'une multitude de petits trous supportait quelques boutons : c'était la radio.

« Attention, c'est très fragile », recommanda-t-il en l'installant avec précaution sur une petite table, à la cuisine.

Il tourna un ou deux boutons et quelle ne fut pas la surprise de Marie et de sa petite sœur : la boîte parlait !

« Chut, taisez-vous, ce sont les informations », ajouta Michel d'un ton sérieux.

Toute la famille qui s'était regroupée autour de l'objet insolite, s'arrêta de bavarder et prêta l'oreille pour écouter la belle voix masculine, qui donnait des nouvelles de France et d'ailleurs. Ensuite, il y eut des chansons, des histoires drôles, etc., Marie n'en revenait pas!

« Où ils sont les messieurs et les dames qui parlent ? demanda-t-elle, intriguée, collant l'oreille contre l'appareil, et essayant de voir s'ils se cachaient derrière les petits trous. Et pourtant cela lui semblait impossible, ils ne pouvaient pas tenir là-dedans !

« Ils sont à Paris » répondit un des grands frères, d'un ton supérieur, comme si cela était une évidence.

La fillette en resta bouche bée, et ne comprit pas davantage. Elle n'en demanda pas plus de peur de paraître bête. Elle se consola en pensant que la prochaine fois où elle rencontrerait Mathias, il le lui expliquerait sûrement : il savait tellement de choses ! Et lui, au moins, ne se moquerait pas d'elle. D'ailleurs, à l'école, il la défendait toujours des grands nigauds qui la taquinaient quelquefois.

« Allez Marie, tu es assez grande pour garder les vaches toute seule, Albert et Claude viendront m'aider dans les champs, maintenant que les aînés apprennent un métier », annonça le père Legrain au début de l'été à la fillette qui allait sur ses neuf ans.

Tous les jours, le matin et l'après-midi après seize heures, lorsque la grosse chaleur était un peu tombée, elle détachait de leur cou la lourde chaîne qui les reliait à la crèche. Assez effrayée au début, elle prit rapidement l'habitude de se baisser prestement, comme elle l'avait vu faire à ses frères, pour ne pas prendre un coup de corne. L'une après l'autre, les bêtes sortaient de l'étable. Elle les emmenait alors dans un pré situé plus ou moins loin de la ferme. Elle leur avait appris à marcher l'une derrière l'autre au bord de la route, afin de ne pas gêner la circulation qui, heureusement, était peu intense à l'époque.

Arrivée dans le pré, elle s'asseyait à l'ombre d'un arbre, son bâton près d'elle, Médor couché à ses côtés. Ayant emporté une portion[42], elle commençait à manger. C'était souvent du pain bis accompagné de saucisson ou de fromage de chèvre, le tout fait maison bien entendu. L'un et l'autre étaient délicieux.

La collation terminée, elle ouvrait son livre, loué à la bibliothèque d'Yssingeaux pour vingt centimes. Absorbée par sa lecture souvent passionnante, elle en oubliait parfois un peu la surveillance de ses vaches.

« Atié, Médor, vaï la queire! » (allez Médor, va la chercher!), disait-elle lorsque l'une d'elles s'était sauvée dans le champ voisin pour se régaler de trèfle ou de choux. Médor n'attendait que cela, et il avait vite fait de ramener l'indisciplinée en lui mordant un peu les talons.

Certaines d'entre elles lui ont laissé un souvenir inoubliable :

Il y avait la Pounote, dénommée ainsi parce qu'achetée au Puy un jour de foire. Un ventre rond, semblable à un tonneau monté sur quatre pattes fines, de teinte brun roux, elle était pleine de malice. Elle vous regardait en coin avec ses gros yeux ronds, et si elle s'apercevait que la surveillance laissait à désirer, la voilà partie à toute allure en direction du champ de choux. En un clin d'œil, sa langue, telle une faucille, entourait le chou et le coupait. S'en étant délectée, elle regardait à nouveau dans votre direction et recommençait en vitesse la même opération si on ne réagissait pas. C'était la gourmande et la coquine du troupeau ! En compensation, c'était une excellente laitière.

La Moure était le chef incontestable et incontesté. En effet, très vite, les autres comprirent qu'il valait mieux ne pas se mesurer à elle. Taillée en taureau, plus qu'en femelle, elle avait imposé sa loi chez elle, et ne manquait aucune occasion d'essayer d'en faire autant avec les vaches des voisins. A tel point que Marie appréhendait lorsqu'elle croisait un autre troupeau sur les chemins menant aux pâturages. Si une tête ne lui revenait pas, elle lui fonçait carrément dedans.

La fillette avait alors toutes les peines du monde à les séparer à l'aide de son bâton. Heureusement que son chien et le berger ou la bergère de l'autre troupeau lui donnaient un sérieux coup de main pour ce faire ! Par contre, pour le travail de la ferme, elle n'avait pas sa pareille.

Mousse personnifiait la beauté du cheptel. D'un beau roux, possédant des proportions très harmonieuses, elle avait une tête particulièrement agréable à regarder : de beaux yeux noirs humides frangés de longs cils, un joli museau carré, des cornes bien plantées, etc. Son caractère bien équilibré s'accordait avec son physique.

Le Mour Blanc[43] était l'élégante du troupeau. Une robe de teinte cendre peu ordinaire, tachetée de blanc, toujours propre, des attaches fines, elle tranchait au milieu des autres. Elle était douce dans ses manières. Pour rien au monde, elle n'aurait donné un coup de pied à qui que ce soit ; c'était la préférée de la mère Legrain mais aussi de Marie.

Parfois, lorsqu'il faisait très chaud, les vaches prenaient la mouche. L'une d'elles levait la queue en l'air et partait en courant en direction de l'étable. Toutes les autres la suivaient. On eût dit qu'un vent de folie les possédait. La fillette était alors totalement incapable de les arrêter, sous peine de se faire piétiner.

Quelquefois, Marie gardait les vaches à proximité de l'habitation des parents de Mathias. Ce dernier allait la rejoindre en cachette de son père, chaque fois qu'il le pouvait. Marie en était très heureuse et ne voyait plus les heures s'écouler.

« A quoi on joue aujourd'hui ? lui demandait-elle alors.

– Si on allumait un feu, ça nous réchaufferait » suggérait parfois le petit garçon, lorsque le temps était un peu frisquet.

D'un naturel prudent, ils prenaient soin de l'entourer de grosses pierres afin de ne pas enflammer toute la prairie. Avant de partir, ils n'oubliaient jamais de jeter de l'eau sur les braises encore rouges.

« Je vais chercher des pommes de terre dans le champ à côté, surveille si personne ne me voit », conseillait-il alors à sa petite camarade.

Dès son retour, ils les faisaient cuire sous la cendre. Ils se brûlaient et se noircissaient un peu les doigts et la langue, mais trouvaient cela délicieux.

« Je vais traire le Mour Blanc dans cette boîte, annonçait quelquefois Marie, choisissant la vache la plus docile.

– Pendant ce temps, cueille des mûres ou des piallosses[44], j'ai apporté quelques sucres, on fera de la confiture » ajoutait-elle.

Sitôt dit, sitôt fait, ils installaient la boîte de conserve cabossée et un peu rouillée, aux trois quarts remplie, sur des grosses pierres au milieu du feu. Remuant le tout avec un bâton, ils obtenaient un mélange au goût pour le moins bizarre, mais dont ils se régalaient.

« Approchez, ma jolie princesse, que je dépose sur votre chevelure d'ébène, cette parure digne de votre beauté », proclamait parfois d'un ton pompeux le jeune garçon, en coiffant la fillette d'une couronne de marguerites, de bleuets et de coquelicots qu'il venait d'entrelacer. Cette dernière rougissait alors sous le compliment, mais appréciait, au-delà de tout, le regard admiratif dont le garçonnet l'enveloppait à ces moments là. Le vocabulaire recherché, pour l'époque, de ce dernier, l'épatait également.

« Quand je serai grand, je t'offrirai de vrais colliers de pierres précieuses et de belles robes comme celles-ci » affirmait-t-il en fabriquant ensemble des tenues vestimentaires à la fillette. Elles étaient faites de feuilles d'arbres, piquées ça et là de fleurs des champs, qu'ils assemblaient les unes aux autres à l'aide d'aiguilles de pin. Ils enfilaient les fruits rouges de l'églantier qui se transformaient à leurs yeux en rubis pour entourer joliment le cou de Marie.

D'autres fois, allongés sur le dos, bercés par le chant des cricris, les yeux levés au ciel, ils suivaient la marche des nuages.

« Regarde celui-ci, c'est un gros méchant lion ! disait l'un d'eux, faisant semblant d'avoir peur.

– Et là-bas, un cavalier sur son cheval blanc, suggérait l'autre.

– Oh, regarde le lac entouré de montagnes. »

Leur imagination était sans limites.

« Allez Médor, va chercher », commandait Marie quelques instants après à son chien, en lui jetant un caillou. Ce dernier s'empressait d'obéir, quêtant une caresse ou un sucre en remerciement.

Au début de l'été, Mathias grimpait sur le grand cerisier qui se dressait au bord de la prairie. Il envoyait des pignons de cerises sauvages à la fillette, qui, moins intrépide que lui, l'admirait pour sa hardiesse.

« Aurai-je le droit à une bise de votre part, belle dame, pour me récompenser de ma vaillance ? » lui demandait-il, une fois à terre, la main droite sur le cœur.

Des pendants de cerises aux oreilles, les lèvres barbouillées de rouge, la fillette en riant lui donnait alors un chaste baiser sur la joue.

Dès la mi-septembre, ils remplissaient leurs poches de noisettes sauvages, puis, s'asseyant sur la murette qui limitait le pré, ils les cassaient entre deux pierres, se coinçant quelquefois un peu les doigts par la même occasion.

De temps en temps, la mère Legrain allait garder les vaches avec Marie, dans un pré perdu au milieu des bois, où cette dernière avait peur toute seule. Ce pré se trouvait à côté de la maison d'un couple qui vivait comme... au Moyen Age ! La fillette appréhendait toujours pour passer devant chez eux : une horde de chiens maigres et faméliques lui partaient immanquablement après.

« Oublie pas de remplir tes poches de croûtons de pain, tu les donneras aux chiens de Félix et de la Léontine, comme ça, ils nous mordront pas ! », recommandait la mère avant de partir.

Félix était particulièrement irascible : un jour, il menaça du fusil un des jeunes frères de Marie, parce que ce dernier avait commis le crime de "chiper" une pomme sur l'un de ses arbres en passant !

Très orgueilleux, il voulait toujours faire mieux que les autres : il s'arrangeait pour avoir le plus gros troupeau de vaches, pourtant, les pauvres bêtes étaient maigres à faire peur ! Il paraît qu'il fauchait parfois ses prés la nuit, à la clarté de la pleine lune, pour avoir l'honneur de finir le premier !

L'hiver, on les voyait parfois, sa femme et lui, sciant du bois dehors, les pieds nus dans la neige. La Victorine, beaucoup plus sociable, invitait quelquefois la mère Legrain et Marie à rentrer chez elle. Les murs de la pièce principale étaient littéralement noirs de suie, le sol en terre battue, et le mobilier réduit à sa plus simple expression.

« Tiens, ma petite, mange ça, c'est bien bon » disait-elle en souriant à la fillette, tout en lui offrant un cadre de miel semblable à une gaufre aux alvéoles remplies d'or liquide. Marie y mordait à belles dents et se régalait.

« Montre-nous tes pierres à venin, Victorine », lui demandait parfois la mère. Elle s'empressait alors d'aller chercher un bocal, où macéraient dans l'eau des cailloux veinés de plusieurs teintes. Ils étaient tous différents les uns des autres, bien que semblables au premier abord.

« Regarde çuilà, c'est pour les vipères, l'autre pour les salamandres, etc. En cas de morsure, il faut vite boire de cette eau, et laver la plaie avec. »

La fillette écoutait attentivement ; pour elle, cela relevait un peu de la magie !

« Je les ai trouvées dans le ruisseau ; un jour qu'on aura le temps toutes deux, on ira en chercher d'autres, et tu les garderas, promettait-elle ensuite.

– Ça me fera bien plaisir, car on sait jamais, ça peut rendre service », approuvait la mère Legrain.

Par temps de sécheresse, l'eau du lavoir ne se renouvelant pas suffisamment, la mère chargeait son linge sur une brouette pour aller le laver au ruisseau qui longeait la prairie. Arrivée sur les lieux, elle se mettait à genoux sur une cabasse[45] et commençait sa lessive dans cette position inconfortable.

« Tiens, tu laveras les torchons et les mouchoirs, ça te l'apprendra », concédait-elle à la fillette qui voulait l'imiter.

L'air embaumait la menthe sauvage qui croissait à profusion sur les berges. Le chant des oiseaux, nichant sur les arbres bordant la rivière, était pour Marie, la plus belle des musiques. De magnifiques libellules vertes et bleues, volant au fil de l'eau, les frôlaient parfois de leurs immenses ailes transparentes. Des goujons, quelquefois des truites piquetées de rouge, nageaient près d'elles, se faufilant entre les gros cailloux.

« Regarde, il reste des taches, ce torchon est pas assez blanc, savonne-le encore une fois, et étends-le sur l'herbe en plein soleil. Tu verras, dans quelques heures, il sera impeccable. Après, il restera plus qu'à le rincer », conseillait la mère lorsque cela était nécessaire.

Naturellement bavarde, devant se contenir trop souvent avec son mari et sa belle-mère, elle profitait du temps passé avec Marie pour évoquer d'autres souvenirs de jeunesse :

« A quinze ans, mes parents me placèrent chez un pâtissier en gros du Puy. Il fournissait tous les petits commerçants de la ville en gâteaux, bonbons et dragées. J'étais chargée de préparer les commandes, et d'aller les livrer. Le travail me plaisait beaucoup, mais voilà, il fallait aussi faire les comptes. Malheureusement, je me trompais, on m'avait pas assez envoyée à l'école, comme je te l'ai déjà expliqué. Alors, j'ai pas pu y rester. Je l'ai bien regretté mais qu'y faire ?

Le patron, me trouvant bien honnête, me recommanda à un de ses amis lyonnais : c'était un gros industriel. Il y avait une dizaine d'employés : la chef de tout le personnel qui s'appelait Blanche, la dame de compagnie de la patronne, les femmes de chambre, la chef cuisinière, l'homme de peine qui s'occupait du charbon pour le chauffage et cirait les parquets, etc.

Je travaillais à la cuisine, souvent la chef me disait : “Marie, nous allons manger en premier, et choisir les meilleurs morceaux, nous les avons bien gagnés. Et puis, nous les méritons autant que tout ce beau monde qui est toujours invité !”

Je n’osais rien dire parce que j’étais nouvelle et bien plus jeune, mais ça m’amusait de l’entendre parler ainsi.

Le patron qui était âgé, était un brave homme. Il connaissait les bonnes manières : il quittait son chapeau pour dire bonjour aux dames, il nous vouvoyait et nous manquait jamais de respect. Il avait une grande maison dans la banlieue lyonnaise. Il allait souvent se promener à pied et il m’emmenait pour lui tenir compagnie. Il savait que j’étais la seule à aimer la marche à travers la campagne. Toutes les autres préféraient la ville. Il connaissait les plantes médicinales et, tout le long du chemin, il me les expliquait. C’était un homme instruit, mais qui faisait pas de manières. On l’aimait bien, toutes.

Il m’avait surnommée “Mistinguette” parce qu’il trouvait que j’avais de jolies jambes et la taille bien fine.

Tous les ans, le patron et la patronne nous emmenaient passer l’hiver dans leur villa à Juan-les-Pins. J’aimais bien y aller, car c’était très joli. Il y avait des fleurs partout, mais c’était surtout le mimosa qui me plaisait.

“Avez-vous bien dormi, Marie ? me demanda-t-il après une première nuit à la villa.

– J’aurais bien voulu, Monsieur, car j’étais très fatiguée, mais j’ai pas pu. Il y a eu des éclairs toute la nuit, pourtant j’ai pas entendu le tonnerre ! ”

Il s’est mis à rire et m’a expliqué que c’était pas un orage, mais le phare au bord de la mer qui, en tournant, lançait comme des éclairs. J’ai eu honte d’être si bête, mais quand on est jamais sorti, on peut pas deviner !

La patronne nous obligeait à prendre un bain une fois par semaine. Il y avait d'ailleurs une jolie salle de bain avec tout le confort. C'est un grand service qu'elle nous a rendu, parce qu'autrefois à la campagne, souvent, on était sales comme les cochons !

A Lyon, lorsque j'ai eu une vingtaine d'années, j'ai fait la connaissance d'un jeune homme. Il était gentil, bien élevé et il aurait bien voulu m'épouser. Mais j'ai pas pu. Il était ouvrier, et il aurait fallu que je reste en ville. Moi, j'aime mieux la campagne et le grand air. Alors, quand j'ai connu ton père, qui était paysan, je suis vite revenue au pays. »

La lessive terminée, la mère dessinait un cercle sur le sable au bord de la rivière et plantait un bout de bâton au milieu. Se fiant à l'ombre projetée par ce dernier sur le cadran solaire ainsi improvisé, elle annonçait l'heure à un quart d'heure près, sans jamais se tromper.

Lorsqu'elle n'avait pas de linge à laver, elle remplissait, avec l'aide de Marie, des seaux entiers de myrtilles, de framboises ou de mûres, qu'elles allaient cueillir dans les bois entourant la prairie. Elle en ferait de délicieuses confitures appréciées par toute la famille.

D'autres fois, elle ramassait du serpolet et de la reine des prés.

« Ils nous rendront bien service cet hiver, si on est malade » disait-elle alors.

En effet, elle utilisait les minuscules fleurs rose-mauve du premier pour faire de délicieuses et odorantes tisanes, en cas de refroidissement. Quant aux ombelles blanches de l'autre plante, elles seraient bénéfiques pour les problèmes de reins ou de vessie.

« Ano, ano, ano », disait-elle en s'adressant aux vaches, lorsque le soleil se couchait derrière la montagne. Ces dernières comprenaient le signal, et, l'une derrière l'autre, le ventre tout rond d'avoir bien mangé, le pis prêt à éclater, tellement il était rempli de lait, elles reprenaient le chemin du retour.

En revenant à la maison, Marie méditait en silence sur la jeunesse de sa mère. Son cœur se serrait en réalisant que cette dernière n'avait pas toujours dû être heureuse, et elle avait conscience de l'aimer très fort.

# La mort de la mémé, le déménagement et la séparation d'avec Mathias

« Claude, Claude, viens vite, la mémé s'est tombée, elle ne bouge plus ! » cria Marie affolée un matin d'hiver, à son frère qui dormait dans la chambre située juste au dessus de la cuisine. Ce dernier qui, ce jour-là, n'était pas en pension à l'école, parce que malade, descendit rapidement. Comme c'était jeudi, les parents étaient au marché à Yssingeaux avec Bezi. Quant aux autres frères et sœurs, ils étaient au travail ou en pension. Marie se retrouvait donc seule à la maison avec Claude.

« Attrape-la d'un côté, moi de l'autre, on va essayer de la porter sur son lit » conseilla le grand frère à la fillette.

Mais en vain, la grand-mère était sans réaction, et bien trop lourde pour eux ; ils n'arrivèrent pas à la déplacer. Claude appela donc des voisins au secours.

« La pauvre femme, je crois bien qu'elle a fini ses peines sur cette terre ! » émit, comme consolation, l'un d'eux, constatant que cette dernière était sûrement morte.

Les parents et les autres membres de la famille arrivèrent à midi pour apprendre la mauvaise nouvelle que le docteur avait confirmée entre-temps.

« Que faisait-elle lorsqu'elle s'est tombée ? demanda-t-on à Marie, seul témoin du drame.

– Elle était en train de balayer, et juste avant, elle raccommodait, expliqua-t-elle alors.

– On s'attendait pas du tout à ça, assura le père, ce matin, elle a mangé sa soupe et un morceau de lard comme d'habitude.

– Moi, ça me surprend pas bien, la chouette est venue chanter devant la maison cette nuit, fit remarquer la mère, et c'est pas bon signe.

– C'est une belle mort, affirmèrent plusieurs voisins, elle a rien senti, la pauvre ! »

Marie était confrontée à la mort pour la première fois, et ne savait trop qu'en penser. La mémé supportant mal les enfants, la fillette n'y était pas particulièrement attachée. Elle se joignit aux autres pour prier, se demandant surtout comment sa grand-mère allait faire pour monter au ciel, comme ils avaient tous l'air de le dire !

Le jour même, la mère Legrain partit acheter des sachets de poudre spéciale pour teindre les vêtements en noir. On ne pouvait pas se permettre d'en acheter des neufs à tout le monde, et il n'était pas question non plus d'aller à l'enterrement autrement que vêtu de noir !

Ensuite, il faudrait porter le deuil pendant de longs mois. C'est ainsi qu'à l'époque, beaucoup de femmes étaient constamment vêtues de cette couleur à partir de la trentaine, après avoir enterré d'abord les grands-parents, grands oncles et tantes, ensuite les parents, les tontons, les tatas, etc. C'était triste à voir, et cela les vieillissait prématurément, mais c'était la coutume, et y déroger aurait été très mal vu.

Quelques jours après, on enterra la mémé. L'église de Queyrières était pleine à craquer. Après l'office, on l'accompagna au cimetière du village.

Marie regardait curieusement les rares couronnes faites

d'une multitude de petites perles mauves et violettes, qu'on déposa sur la tombe. En pensant qu'un jour, ce serait sa mama, tendrement aimée qu'on amènerait ici, son cœur se serra douloureusement et ses yeux s'emplirent de larmes. Mais elle se consola bien vite, en réalisant que cette dernière était encore jeune, et qu'elle avait l'air d'être en parfaite santé.

A cette époque, les grands-parents vivaient avec leurs enfants et petits-enfants, jusqu'à leur mort. Ce fut le cas pour l'aïeule de Marie. Le père Legrain avait bien envisagé plusieurs fois de déménager pour exploiter une ferme plus importante, car, avec sa nombreuse progéniture, la sienne était devenue trop petite. Mais la mémé ne voulut jamais quitter le pays natal. Alors, son fils n'eut pas le cœur de partir et de la laisser seule.

Après sa mort, il réalisa son souhait. Le 25 mars, ils partirent habiter à une douzaine de kilomètres de Queyrières, de l'autre côté d'Yssingeaux.

Ce fut le marchand de vin qui les aida à transporter leur mobilier avec sa camionnette.

Marie, alors âgée de dix ans, fit le voyage à la cime d'un char à foin tiré par deux vaches attelées. La veille, à l'école, elle avait fait ses adieux à son petit camarade.

« Je saurai bien te retrouver quand je serai grand pour me marier avec toi, si tu le veux », lui souffla-t-il à l'oreille, à la récréation, afin de ne pas être entendu des autres. Marie sentit ses joues s'empourprer en même temps qu'une joie immense la submergeait : c'était sa première déclaration d'amour ! Lorsqu'ils durent se séparer pour de bon, à la fin de la journée, ce fut le cœur gros et les larmes aux yeux, après un dernier regard qui en disait long sur leur déchirement réciproque.

Marie revécut ces instants là pendant toute la durée du voyage et, pour la première fois, ne fut pas sensible à la beauté du paysage.

Après deux ou trois heures de route, ils arrivèrent enfin devant une grande et belle bâtisse en pierre, située au bord d'une petite route. Tout autour, des prés, des champs, et en contrebas, une rivière. Le spectacle était des plus ravissants, mais la fillette avait trop de chagrin pour l'apprécier ce jour-là.

L'intérieur de la maison était moins agréable que l'extérieur.

« On se croirait à Bethléem, on y voit rien dans cette cuisine », fit remarquer la mère d'un ton navré, en constatant que cette dernière n'avait qu'une toute petite fenêtre, et par conséquent, était bien sombre. Elle, qui avait déjà une mauvaise vue, ça n'allait pas lui faciliter les choses !

C'était le père qui avait loué la ferme, sans demander l'avis de sa femme qui la voyait pour la première fois. Le confort de l'habitation était le dernier de ses soucis. Ce qui l'avait surtout intéressé, c'était le fait que beaucoup de prés et de champs se trouvaient autour de la maison et qu'il aurait plus d'hectares à cultiver qu'à celle de Queyrières.

L'école était située à deux bons kilomètres de la ferme dans un petit village blotti au pied du "Suc d'Eymes". Marie et Josette y allaient le matin et en revenaient le soir, à pied, par tous les temps. Elles longeaient d'abord une petite rivière : le "Ramel". La coursière se frayait alors un passage à travers bois, puis au milieu des prés pour arriver enfin en bas du village.

L'adaptation de la fillette fut assez longue et douloureuse, la présence de Mathias lui manquant cruellement.

Ce fut la personnalité hors du commun de son maître d'école qui l'aida à s'intégrer à la classe. Il employait, du moins en partie, la méthode Freinet, qui, entre autres, vise à ne pas couper l'enfant d'avec la nature. Mais il savait aussi être sévère lorsque cela devenait nécessaire.

Chaque matin, par n'importe quel temps, il faisait faire plusieurs fois le tour de l'école en courant à ses élèves. Ce, pour finir de les réveiller, mais aussi afin qu'ils se réchauffent en période de grands froids.

Les "petits" , dont Bezi faisait partie, rejoignaient ensuite la maîtresse. Marie, avec les "grands", suivaient le maître jusqu'à un bâtiment plutôt vétuste, situé un peu plus loin. La classe se trouvait à l'étage, les carreaux étaient peints en blanc opaque jusqu'à la moitié de la fenêtre, afin que les enfants ne se laissent pas distraire par ce qui se passait dehors.

Le plancher étant troué par endroits, certains élèves apportaient des briques chaudes afin de se réchauffer les pieds, les jours où la température était particulièrement basse.

« La semaine prochaine, ce sera toi, Albert, qui viendras un peu avant, pour allumer le poêle », ordonnait l'instituteur aux enfants, chacun à tour de rôle.

Chaque matin, une fois les élèves installés à leur pupitre, il leur commentait la phrase de morale, toujours différente, inscrite sur le tableau.

Présentée par le maître, elle avait un impact formidable sur leurs jeunes cerveaux, et il en resterait quelque chose leur vie durant. Venaient ensuite la dictée, le cours d'arithmétique, etc. L'instituteur menait de front plusieurs cours, et, pendant le travail, on n'entendait pas une mouche voler.

A midi, pendant tout l'hiver, Marie et sa sœur déjeunaient chez des cousins qui avaient une ferme dans le village.

« Tu manges comme un piou-piou », faisait souvent remarquer la cousine à Marie, constatant que cette dernière mâchait cent fois une bouchée de viande, avant de finir par l'avaler à contrecœur.

A la fin du repas, elle préparait une grande bassine en fer émaillé, remplie aux trois quarts d'eau bien chaude. Y rentrant avec peine ses petites mains, la fillette faisait alors la vaisselle. Ensuite, elle balayait le sol fait de grosses lauzes disjointes, posées à même la terre battue.

Marie faisait ces menues besognes de bon cœur, consciente qu'il était normal d'aider cette femme déjà âgée, qui les accueillait si gentiment.

« Les hommes, ça devrait pas venir plus vieux que les cochons ! » , disait-elle fréquemment, furieuse après son mari qui aimait un peu trop le canon et dépassait souvent la dose permise. Le cousin ne se fâchait pas pour autant, c'est une chose qu'il ne devait pas savoir faire d'ailleurs, car Marie ne le vit jamais en colère.

Dans sa fureur, elle jetait de grands seaux d'eau dans le tonneau de vin, mais le cousin restait toujours imperturbable ! Tant que cela avait un peu la couleur et le goût du vin, pas de problème ! C'était un saint homme car tant d'autres seraient devenus fous furieux devant un tel affront !

En compensation des repas, l'été, à tour de rôlc, Marie puis plus tard sa petite sœur, gardaient les vaches chez eux. Mais là encore, aux yeux des fillettes, c'était normal, en famille, on se rendait mutuellement service comme on le pouvait.

Le maître d'école savait intéresser ses élèves et Marie finit par y aller de bon cœur. Il les emmenait dans un pré : on le mesurait, on calculait sa surface, son périmètre et cela était bien plus passionnant que la simple théorie.

Tous les samedis après-midi étaient consacrés au sport en plein air, chose rare à l'époque.

De temps en temps, il les emmenait à la cime du "Suc d'Eymes".

« C'est un volcan éteint. Maintenant, son cratère est un immense réservoir d'eau qui alimente tous les villages avoisinants », leur expliquait-il, arrivés en haut de la montagne.

« Regardez là-bas, derrière le Mézenc, un peu à gauche, on dirait des nuages blancs, mais ce sont les sommets enneigés des Alpes », ajoutait-il quand le temps était clair.

Chemin faisant, il les initiait à la botanique.

« Vous voyez, cet arbre coupé, en comptant le nombre de cercles inscrits dans sa section, vous obtenez son âge, un cercle représentant une année », poursuivait-il encore.

Marie l'écoutait, très intéressée. Cela contribua certainement à l'amour et au respect qu'elle portera plus tard à la nature.

A la récréation, malgré l'absence de son petit camarade, qu'elle n'oublierait jamais, elle n'avait pas le temps de s'ennuyer. Quand il faisait beau, le maître, avec les garçons d'un côté, la maîtresse, avec les filles de l'autre, jouaient au volley ball. Il leur avait même expliqué comment fabriquer un filet eux-mêmes.

En hiver, lorsqu'il y avait suffisamment de neige, il organisait des courses de luge dans un pré très en pente à proximité de l'école. Il y avait l'équipe des "hirondelles", celle des "moineaux", etc. et là, Marie s'en donnait à cœur joie.

Pendant l'hiver 1954, chaque élève fut chargé de tricoter plusieurs carrés de laine avec des fins de pelote. Il y en eut de toutes les couleurs. La maîtresse les assembla pour finalement obtenir une grande couverture. On l'envoya à l'Abbé Pierre afin qu'il la donne à ses pauvres. La fillette, qui avait bon cœur, participa avec joie à cette bonne œuvre.

Mais ce qui passionnait Marie et ses camarades, au-delà de tout, c'était la petite imprimerie que le maître avait apportée un jour. Les élèves s'improvisaient alors journalistes avec beaucoup de plaisir pour créer un petit journal qui paraissait tous les mois. Il fallait d'abord trouver des histoires à raconter, ensuite les corriger. Ceci fait, ils rangeaient les lettres d'imprimerie l'une près de l'autre pour former des mots dans une sorte de rail métallique. Obtenant des phrases, ils les mettaient alors dans une presse. Il fallait ensuite les imprégner d'encre à l'aide d'un rouleau. Ils posaient enfin une feuille blanche ou en couleur sur le tout, et, abaissant le couvercle de la presse, ils appuyaient fortement dessus, afin que tout soit bien imprimé. Les plus habiles faisaient les dessins qui orneraient la première page.

Une fois terminé, ils allaient d'une ferme à l'autre afin de vendre leur mensuel. Que de kilomètres n'ont-ils pas parcourus d'un hameau à l'autre ! En général, tout le monde le leur achetait, certainement pour leur faire plaisir.

De temps en temps, l'instituteur faisait venir un monsieur d'Yssingeaux pour projeter un film, le soir après souper, dans... une étable !

Le père Legrain y accompagnait alors ses deux petites filles. Chemin faisant, Marie admirait les lumières qui brillaient au loin, semblables à des étoiles tombées au hasard dans les montagnes environnantes. Elles étaient le témoignage de la vie, dans les hameaux ou fermes isolées. La fillette était impressionnée par le silence de la nuit, seulement interrompu par le crissement de la neige, en hiver, sous leurs pas, ou le cri d'un hibou ou autre oiseau nocturne.

Le père Legrain se munissait d'une lanterne tempête et d'une bonne canne qui pourrait lui servir, en cas de mauvaise rencontre.

En effet, l'hiver précédent, un bruit avait couru qu'on avait vu dans la neige, un lendemain de pleine lune, des traces de sang mêlées, vraisemblablement, aux empreintes des pattes d'un gros loup. Michel dut accompagner ses petites sœurs à l'école pendant plusieurs jours. Mais le supposé loup-garou resta invisible.

« Prenez ces chaises, père Legrain, vous venez de trop loin pour apporter les vôtres », disait alors aimablement le propriétaire de l'étable, dès qu'il les voyait arriver. L'écurie était déjà pleine comme un œuf ; on se serrait encore un peu pour faire place aux nouveaux arrivants. Les vaches regardaient curieusement les gens, tout en ruminant inlassablement. Le film commençait ; êtres humains et animaux regardaient alors l'écran d'un même air intéressé ! De temps en temps, on entendait un "meuh" qui amusait les enfants.

La séance terminée, chacun rentrait chez soi. Sur le chemin du retour, Marie avait la tête pleine d'images et de rêves, rêves qui la poursuivaient encore pendant son sommeil.

« Pendant tout le mois, les jeudis et les dimanches, vous irez cueillir des coucous. Nous ajouterons l'argent de la vente à celui de notre journal et des séances de cinéma, cela nous paiera notre voyage de fin d'année », annonçait le maître dès que le printemps était de retour.

Marie s'attelait à la tâche avec plaisir, elle en profitait pour remplir la maison de bouquets champêtres que sa mère adorait. Ses préférés étaient les myosotis qu'elle rangeait en cercle dans une assiette creuse pleine d'eau. En quelques heures, ils se redressaient pour former une couronne d'un bleu très pur.

## Les correspondants de la Gironde

L'instituteur leur avait trouvé des correspondants en Gironde, dans un village près de Bordeaux.

« Aujourd'hui, vous avez du courrier », leur annonçait-il parfois, en souriant, et en brandissant le gros paquet de lettres qu'il venait de recevoir.

Les enfants ouvraient leur enveloppe avec impatience, et répondaient sans attendre. Ils échangeaient des dessins, des fleurs séchées, qui devenaient autant de trésors !

La première année, ce furent les Bordelais qui vinrent passer une semaine en Haute-Loire. Les parents de Marie hébergèrent Nicole, la correspondante de leur fillette, et chaque famille en fit autant.

Pendant les derniers jours de juin, ce fut une fête permanente : plus question de dictées ou d'arithmétique, mais seulement des promenades dans tous les sites pittoresques de la région.

Le maître les emmena d'abord au Puy-en-Velay, ville unique dans son genre : trois pitons volcaniques surmontés respectivement de la statue de la Sainte-Vierge, celle de Saint-Joseph et par l'Eglise Saint-Michel, veillent jour et nuit sur la cité vellave. On y accède par d'étroites ruelles pavées, bordées de maisons à l'aspect moyenâgeux. Ici ou là, une fontaine en pierre offre son eau fraîche et pure.

« Oh, venez voir comme c'est joli ! », s'extasiaient les correspondants, en découvrant les dentellières à l'œuvre sur le pas de leur porte. N'ayant jamais vu cela dans leur pays, ils furent nombreux à acheter, qui, un napperon, qui, une paire de gants, en guise de cadeaux pour leur famille.

*Le rocher Saint-Michel d'Aiguilhe*

Après avoir gravi de nombreuses marches, ils arrivèrent enfin au pied d'un monument. La ville s'étalait alors sous leurs yeux, entourée au loin par l'écrin des montagnes.

Les statues leur parurent gigantesques. De la couronne de la Vierge à laquelle on accède par un escalier intérieur, le paysage est grandiose, mais il vaut mieux ne pas avoir le vertige !

« Cette statue fut construite avec le bronze fondu des canons utilisés au siège de Sébastopol. L'artiste qui la réalisa mit l'enfant Jésus sur le bras droit de la Vierge, au lieu du bras gauche. Catastrophé d'avoir commis une telle erreur, il se suicida en se jetant dans le vide, mais ce n'est qu'une légende ! », expliqua le maître.

Cette révélation attrista Marie pendant un bon moment.

L'instituteur ajouta ensuite :

« C'est dans cette ville que naquit au début du siècle dernier, Jules Vallès, dont certains d'entre vous ont dû entendre parler. C'est un écrivain célèbre aux idées révolutionnaires, qui publia entre autres : "Le Cri du Peuple" et, plus tard, un roman autobiographique "L'enfant", où il retrace en partie sa vie.

Jules Romains, auteur contemporain, est né lui aussi dans la région, près de Saint-Julien-Chapteuil. Il a d'ailleurs écrit "Cromedeyre le vieil", qui n'est autre que le village de Monedeyres, son village natal, mais aussi "Les Copains" où il parle de la fameuse petite cabane des copains que je vous montrerai, quand nous irons dans la forêt du Meygal. Son œuvre la plus connue reste : "Les hommes de bonne volonté" qui comprend plus de vingt volumes.

Tout à l'heure, je vous montrerai la statue du marquis de Lafayette. Il est né à Chavaniac, près du Puy, au milieu du XVIIIe siècle. Malgré les ordres du roi, il partit pour l'Amérique, et aida les insurgés à conquérir la liberté.

*Statue de Notre-Dame de France*

Je vous citerai encore Blaise Pascal qui, lui, a vécu au XVIIe siècle. D'ailleurs sa mère est née au lieudit "Pascal" qui se situe entre "Messinhac" et "Le Pertuis". Lui-même est né à Clermont-Ferrand. Il fut à la fois mathématicien, physicien, philosophe et écrivain. »

Un sentiment de fierté envahit Marie à la pensée que des hommes aussi célèbres aient vécu, du moins une partie de leur existence, tout près de Queyrières, son pays natal.

Ils terminèrent la journée par la visite de l'Abbaye de La Chaise-Dieu. Chacun put y vérifier l'authenticité du fameux écho, devenu très célèbre.

Sur le chemin du retour, les enfants firent trempette sur les bords du lac de Malaguet, sous le regard vigilant des instituteurs.

Le lendemain, ils partirent à la rencontre de la source de la Loire.

Tout au long de l'étroite route sinueuse qui traversait un paysage lunaire, au relief accidenté, présentant des étendues presque désertiques, le maître commentait :

« Vous remarquez qu'il y a très peu d'habitations.

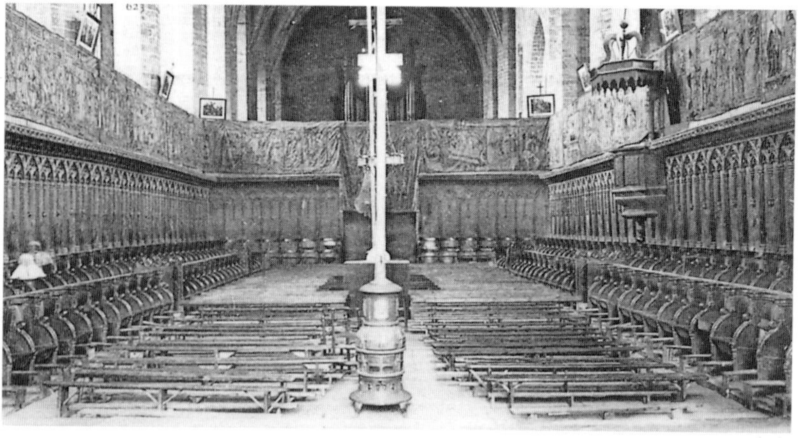

***Eglise abbatiale de La Chaise-Dieu***

Regardez celle-ci : son toit en chaume est très pentu et touche presque à terre. C'est fait exprès, afin que la neige fonde plus rapidement et ne l'écrase pas lorsqu'elle est trop abondante. Nous sommes à 1500 mètres d'altitude, c'est le pays de la "burle".

En hiver, il ne fait pas bon être dehors lorsqu'il y a des tempêtes de neige. On peut s'égarer très facilement, voire s'enfoncer dans une congère, et certaines atteignent deux ou trois mètres de hauteur !

Les paysans sont habitués aux rigueurs extrêmes du climat. Aussi font-ils provisions de nourriture et de bois de chauffage, afin de résister pendant de longs mois.

En hiver, faute de pouvoir circuler sur les routes par trop enneigées et verglacées, les femmes accouchent à la maison. Quant aux morts, ne pouvant les emmener jusqu'au cimetière, on met le cercueil sur le toit de la ferme en attendant l'amélioration du thermomètre : le gel les conserve et évite les mauvaises odeurs ! »

Marie sentit un frisson d'horreur la parcourir des pieds à la tête en écoutant ces explications.

Ils arrivèrent enfin au pied du "Mont Gerbier de Joncs". L'instituteur les invita à pénétrer dans une vieille bâtisse :

« Voici la source de la Loire », annonça-t-il en leur désignant une vieille fontaine en pierre, où l'eau coulait gros comme un bras.

Les enfants furent ébahis et constatant que le plus long fleuve de France naissait de cette façon là, dans une étable, et était, somme toute, bien insignifiant à son départ !

La journée se termina par la visite du lac d'Issarlès situé non loin de là.

Les derniers jours furent consacrés à la visite de la forêt du Meygal, puis à celle du "Lac Bleu" :

« Ce lac s'est niché dans une ancienne carrière de lauzes. Soyez prudents, ne vous en approchez pas trop, car il est profond de sept à huit mètres. Admirez le bleu limpide de ses eaux et regardez toutes ces truites qui y nagent paisiblement », s'extasia le maître.

Ils poursuivirent leur route jusqu'au Chambon-sur-Lignon :

« Cette jolie petite ville blottie dans la verdure, au bord de l'eau, ainsi que tous les environs, sont peuplés essentiellement de protestants. Pendant la dernière guerre mondiale, ils eurent le courage d'accueillir et de protéger un très grand nombre de juifs, ce, au péril de leur vie ! », ajouta le maître.

En entendant cela, le cœur de Marie se remplit d'amour et d'admiration envers ces gens si altruistes et si courageux.

« Nous allons maintenant au lac de Devesset. Notre région en possède de nombreux : il y a encore le lac du Bouchet, celui de Saint-Front, etc. Nous sommes dans un pays riche en sources naturelles où l'eau jaillit à profusion. »

Puis, s'adressant aux Bordelais :

« Vous avez dû remarquer qu'il y a également beaucoup de montagnes, contrairement à chez vous. Nous les appelons des "sucs" : ce sont d'anciens volcans éteints, qui risquent de se réveiller un jour. Mais nul ne sait quand, espérons simplement que ce soit dans très longtemps », termina-t-il, avec un sourire qui se voulait rassurant.

Pendant ces journées, Marie regretta vivement l'absence de Mathias, car si elle était camarade avec tous, elle n'avait d'affinité particulière avec aucun. La complicité avec son petit ami lui manqua énormément.

Les correspondants repartis dans leur pays, ce fut à nouveau les grandes vacances. Comme tous les ans, les enfants de la famille Legrain aidèrent leurs parents aux travaux des champs.

Le père ayant fait l'acquisition d'une faucheuse pour remplacer la faux, le travail devint plus rapide mais surtout moins fatigant pour les hommes.

« Allez Marie, debout, on va faucher le pré de la Côte, l'herbe se coupe mieux quand elle est encore humide, et j'ai besoin de toi pour guider les vaches », annonça Roger début juillet, en secouant Marie qui dormait à poings fermés, à cinq heures du matin.

Cette dernière rouspéta un peu, puis finit par se lever. Elle suivit son frère, bon gré, mal gré, après un petit déjeuner rapide et une toilette de chat.

La beauté de la nature eut vite fait de lui rendre sa bonne humeur : les perles de cristal que la rosée accrochait à chaque brin d'herbe, un églantier en fleurs, le lever du soleil derrière la montagne, tout la ravissait. Enivrée par l'odeur agréable de l'herbe coupée, elle marchait devant les deux vaches attelées à la faucheuse, pour les guider. Mais la merveille des merveilles, ce fut quand une alouette s'envola à ses pieds pour s'élever tout droit dans le ciel, en piaillant son mécontentement.

« Prouou », dit-elle alors aux vaches qui, comprenant le signal, s'arrêtèrent aussitôt. La fillette se baissa à la recherche du nid. Caché dans les hautes herbes, à même le sol, elle le prit délicatement dans ses mains. Son cœur d'enfant battit la chamade à la vue des petits œufs de teinte crème, tachetés de brun, encore tout chauds du ventre de la mère.

« Attends un peu, dit-elle alors à Roger, je vais le déposer au coin du mur, pour qu'on ne l'écrase pas ». Ce qu'elle fit en prenant mille précautions.

Roger observait sa petite sœur, le sourire aux lèvres et lui dit :

« Tiens, viens prendre ma place, moi je m'occuperai des vaches ! »

Toute fière, Marie s'assit alors sur la faucheuse et, après avoir écouté attentivement les explications du frère aîné, en guida la lame comme une grande !

Vers les dix heures du matin, alors qu'ils étaient en train de "casser la croûte", assis à l'ombre d'un arbre, une micheline rouge avertit les gens de son passage en klaxonnant longuement. Elle ralentit, puis s'arrêta à la vue de quelques paysannes qui accouraient un panier au bras, pour se rendre au marché, car on était jeudi.

Un peu plus tard, Marie et Roger, revinrent enfin à la maison, fatigués et ayant bien mérité le repas que la mère avait préparé.

« Les hirondelles volent bas, il fait lourd, vite, vite, il faut aller ramasser le foin qui est sec, car il va faire orage », annonça le père quelques jours plus tard, d'un ton sans réplique.

Quand c'était ainsi, il ne fallait pas regarder si on était dimanche ou semaine, encore moins si on était fatigué ! Toute la famille s'empressa donc de partir au pré avant qu'il ne pleuve.

Marie fut chargée de faire tenir tranquilles les deux vaches attelées au char qu'on avait installé entre deux longs rouleaux de foin sec. Munie d'une petite branche de frêne, elle chassa les taons qui les dévoraient, malgré l'émouchine[46] dont on les avait enduites. De temps en temps, elle en attrapait un, et avec la cruauté inconsciente des enfants, lui mettait une paille au derrière, et "l'envoyait en moisson".

Pendant ce temps, un des grands frères rangeait harmonieusement sur le char, les grosses fourchées de foin que le père lui faisait passer. Les autres membres de la famille râtelaient derrière, afin d'en laisser le moins possible. Le char terminé, il fallut le biller[47] à l'aide d'une grosse corde afin de le consolider. Les premières grosses gouttes tièdes de l'orage les surprirent alors qu'ils étaient sur le point de le rentrer dans la grange pour le décharger.

***Les fenaisons***

# Le marché d'Yssingeaux

« Avis à la population, le samedi 9 juillet 1954, il sera procédé... », clamait tout fort, le garde champêtre, après un roulement de tambour, ce jeudi, sur le marché d'Yssingeaux.

Marie, accompagnée de sa mère, l'observait un peu surprise, car c'était la première fois qu'elle voyait un tel personnage : vêtu d'un uniforme bleu marine, d'une casquette, et affublé d'une énorme moustache à la gauloise, il n'était pas ordinaire.

Profitant de la carriole et du cheval du cousin, le père avait amené un veau pour le vendre, et la mère un panier rempli d'œufs, de beurre et de fromages.

Stationnant sous les halles, cette dernière attendait d'avoir fini d'écouler ses marchandises, avant d'effectuer son propre marché.

« Bonjour, madame Legrain, comment allez-vous ? », s'enquit en souriant gentiment une belle dame bien habillée, accompagnée d'un jeune garçon.

A la vue de ces derniers, le cœur de Marie fit un bon dans sa poitrine : c'était Mathias et sa mère.

« Oh, ce que tu as grandi Marie, et tu es de plus en plus mignonne ! Vous avez de la chance, madame Legrain , tous vos enfants sont beaux, et intelligents avec ça. J'ai entendu dire que vos grands poursuivaient leurs études, et qu'ils réussissaient bien. J'en suis ravie pour vous, car avec une famille nombreuse comme la vôtre, vous avez bien du mérite de les envoyer à l'école aussi longtemps. Il y en a tant qui les emploient simplement à la ferme, dès qu'ils ont quatorze ans !

– Vous me faites bien d'honneur en me parlant comme ça, madame Deschêne, ça me fait plaisir. C'est vrai, on est pas riche, mais mon mari a toujours dit : "On a pas beaucoup de sous, mais si les enfants sont pas bêtes, ils iront à l'école longtemps, comme ça, plus tard, ils batailleront moins que nous", et je suis bien de son avis ; parfois, il faut savoir se priver, si on veut arriver à quelque chose ! ... Et, chez vous, madame Deschêne, j'espère que tout le monde va bien. Je vois que Mathias a bien poussé aussi, et puis, gare les filles plus tard, il est beau comme tout ! »

Ne s'étant pas vus depuis plus d'un an, les deux enfants intimidés, se regardaient un peu à la dérobée, tout en rougissant.

« Allez, parle-lui à ta copine, tu en meurs d'envie, grand nigaud, ajouta madame Deschêne, en riant. « Tenez, allez voir un peu les lapins et les poulets là-bas, pendant que je bavarde avec madame Legrain. »

Tout contents, ils ne se le firent pas dire deux fois, et se dirigèrent ensemble vers les cages des animaux qui se trouvaient à quelques mètres seulement.

« Tu sais, je m'ennuie beaucoup sans toi, et je n'ai pas d'autre amie, assura Mathias.

– C'est pareil pour moi, en plus, dans un an, je serai sans doute en pension au Puy. Le maître d'école en a déjà parlé à mes parents. Ils sont d'accord. J'ai pas fini de languir !

– Moi aussi, je serai en pension au Puy, peut-être qu'on se verra de temps en temps. »

Ayant fini de vendre ses produits fermiers, la mère Legrain

accompagnée de madame Deschêne, rejoignit les enfants.

« Au revoir, madame Legrain, bien le bonjour chez vous.

– Moi de même, madame Deschêne », répondit la mère par politesse, sachant pertinemment que les autres membres de la famille, trop prétentieux, se moquaient éperdument de ses salutations.

Après un dernier sourire, n'osant se faire la bise devant les adultes, les deux enfants se séparèrent encore une fois, le cœur gros, mais avec l'espoir de se revoir peut-être quelquefois, plus tard, au Puy.

« Viens, on va manger une brioche, suggéra la mère à Marie, pour essayer de dissiper la tristesse qu'elle devinait en elle, puis on ira boire une grenadine. »

Assise à la terrasse du café, près de sa mère, la fillette, le pourtour des lèvres rougi par sa boisson préférée, se régala avec la brioche qu'elle avait choisie en forme de bonhomme. L'ayant finie, elle s'essuya le bout du nez où un peu de sucre semoule était resté collé.

La mère termina ses courses en achetant quelques fruits et un peu de morue qu'elle mettrait à tremper dans l'eau, toute la nuit, afin de la dessaler. Demain vendredi, elle la préparerait avec des pommes de terre, pour remplacer la viande.

Elles revinrent à la maison à pied ; Marie resta songeuse et mélancolique, malgré tous les efforts que fit sa mère pour lui changer les idées.

Le père rentra tard dans l'après-midi. Ayant retrouvé ses anciens copains de Queyrières, il avait bu un peu plus de canons qu'il n'aurait fallu.

En effet, dans son nouveau pays, la mentalité n'était plus la même : il y avait plus de jalousie, moins de solidarité, mais surtout plus de cancans, et même si certains voisins étaient agréables, ce n'était quand même plus pareil. Aussi, le père

Legrain ne savait plus se rendre[48] lorsqu'il rencontrait ses camarades d'antan.

Connaissant son caractère vif, encore exacerbé par le vin, à ces moments-là, la mère se gardait bien de lui faire la moindre remontrance.

« Dis, minou, pourquoi elle reste toujours dans son nid cette poule ? demanda Bezi à sa sœur un matin d'été, où elles étaient ensemble à l'étable.

– Elle couve ses œufs : elle les tient bien au chaud sous son ventre. Les petits poussins vont bientôt casser la coquille de l'œuf pour sortir, maman m'a dit qu'ils étaient prêts à éclore. Tu verras comme ils seront jolis ! En attendant, la mère-clousse les abandonne juste quelques minutes pour venir manger en vitesse : il ne faut pas qu'ils refroidissent », lui expliqua Marie, toute fière de jouer à "la grande".

« Viens, on va lever les œufs », ajouta-t-elle, se dirigeant vers les autres nids.

Grimpant sur un vieux tabouret en bois, et se hissant sur la pointe des pieds, la fillette plongea la main dans une caisse en bois grossière, garnie de paille. Elle en sortit trois ou quatre œufs un peu crottés de fiente de poule, et encore tièdes, parce que fraîchement pondus.

« Mets-les doucement dans ton panier, ils sont fragiles », conseilla-t-elle encore à sa petite sœur, en les lui tendant.

La récolte des œufs terminée, elles se dirigèrent vers la cage des lapins.

« Oh, comme ils sont mignons ! » s'exclamèrent-elles en chœur, découvrant une bonne demi-douzaine de petites boules de poils blancs, gambadant autour de leur mère. Cette dernière observait les fillettes avec ses yeux rouges, tout en remuant son nez sans arrêt. De temps en temps, elle frappait bruyamment du pied, peut-être pour manifester son inquiétude : elle avait peur qu'on lui prenne ses petits.

« On va aller leur ramasser du trèfle et des genêts en fleurs dans le pré en face. On leur donnera aussi un peu de son, maman dit que ça leur évite d'attraper la diarrhée », décida Marie.

La mère Legrain était en train d'activer le feu sous l'énorme chaudière en fonte noire des cochons, où cuisaient des pommes de terre, des betteraves et des choux, lorsque les fillettes passèrent près d'elle, pour aller chercher à manger aux lapins.

« Cette nuit, la truie a fait ses petits, vous voulez venir les voir ? » leur demanda-t-elle.

Ces dernières la suivirent aussitôt, toute contentes.

Une ribambelle de bébés cochons roses, la petite queue en tire bouchon, était en train de téter leur mère, allongée par terre pour la circonstance.

« Pourquoi il mange pas, lui ? s'inquiéta Bezi en désignant un petit cochon qui se contentait de regarder les autres, en grognant.

– C'est ce qu'on appelle le reï[49] ; tu vois bien que toutes les tétines de la mère sont prises, je vais aller lui préparer un biberon de lait », répondit la mère qui s'exécuta aussitôt.

Par la suite, plusieurs fois par jour, chaque membre de la famille donna, à tour de rôle, le biberon au cochonnet, qui bientôt les suivit tous, tel un petit chien.

Quelques jours plus tard, ainsi que Marie l'avait expliqué à sa petite sœur, la mère-clousse, définitivement descendue du nid, promena du matin au soir, une dizaine d'adorables poussins. Deux canetons jaunes et marrons complétaient la famille, et maman poule ne fit jamais aucune différence avec les siens. Elle émiettait finement la nourriture qu'on lui distribuait, et caquetait d'une façon spéciale pour inviter sa progéniture à venir se restaurer.

Très vigilante, elle repoussait à coups de bec tout intrus qui semblait être dangereux pour sa nichée. Quand venait l'heure du dodo, elle s'accroupissait, et tout son petit monde se mettait à l'abri sous ses ailes qu'elle gonflait au maximum pour la circonstance.

Quelquefois, une petite tête noire ou jaune apparaissait à travers ses plumes : un effronté qui voulait peut-être voir le temps qu'il faisait dehors !

Tous ces jeunes animaux de la ferme offraient un spectacle charmant aux yeux des fillettes qui ne s'en lasseraient jamais.

## On fait le pain, le beurre et le fromage

Régulièrement, le père Legrain emmenait du froment et du seigle chez le meunier qui les transformait en farine et en son. Ce dernier servirait à nourrir les bêtes : cochons, lapins, etc.

« Tiens, Marie, viens me remplacer un peu pour finir le beurre », demanda la mère à la fillette.

Celle-ci s'approcha du batord[50] et saisit le bâton que sa mère lui cédait. Tout en l'agitant de bas en haut dans la baratte, pleine aux trois quarts de crème, elle observait son père en train de faire le pain : une basane[51] autour de la taille, les manches de chemise retroussées, il pétrissait inlassablement la pâte dans la grande maie, après y avoir mélangé un peu de levain. Ce dernier légèrement salé, restait enfermé, d'une fois à l'autre, dans une petite "biche" en terre cuite.

« Faites-moi passer les paillas[52] », demanda-t-il, une fois la pâte bien travaillée, à Bezi et à Marie qui avaient fini de faire le beurre.

Après avoir pris la précaution de bien les enfariner, il les remplit et les emporta dehors, aidé par les fillettes, sur une vieille table disposée près du four. Il avait préchauffé ce dernier pendant des heures, en y brûlant des fagots entiers. Sortant les tourtes des corbeilles, il les disposa l'une après l'autre sur une palette en bois légèrement enfarinée afin que la pâte ne colle pas.

D'un geste expert, il fit alors pivoter rapidement le long manche de la pelle, afin de faire glisser la tourte dans le four, sans l'abîmer.

Une fois qu'elles furent toutes bien rangées les unes près des autres, il y ajouta quelques petits pains en forme de bonhomme, qu'il avait fabriqués à l'intention des fillettes, puis ferma hermétiquement la porte métallique du foyer. Deux heures après, le pain était cuit et il s'en dégageait une odeur particulièrement appétissante.

« Attendez qu'il soit froid pour le manger, sinon vous aurez mal à l'estomac », conseilla alors le père aux deux fillettes qui commençaient déjà à grignoter un petit bonhomme doré à souhait.

Etant un peu désœuvrées, elles rejoignirent leur mère à la cuisine. Celle-ci, après avoir lavé à plusieurs eaux le beurre sorti de la baratte, en façonnait plusieurs mottes à l'aide d'un battoir en bois. Les ayant finies, elle les décora de petits losanges ou de fleurs naïves sur leurs parties supérieures. Après les avoir pliées dans du papier glacé, elle les emporta au frais à la cave, en attendant d'en vendre une partie sur le marché d'Yssingeaux.

« Ce soir, nous mangerons une salade du jardin, du sarassou[53] et une treufolade[54] » rappela-t-elle aux fillettes. En effet, chaque fois qu'elle faisait du beurre, c'était ce même menu, simple mais bon, qui revenait systématiquement au souper.

« Il me reste un peu de temps avant le repas, je vais vous montrer comment on fait les fromages », ajouta-t-elle.

Une grande marmite pleine de lait caillé, légèrement tiède, attendait sur un coin du fourneau. Elle en garda une partie qu'on mangerait ainsi tout frais. Puis, elle versa le restant dans de grandes faisselles afin qu'il s'égoutte bien.

« Dans deux ou trois jours, tout le petit lait sera écoulé, il faut pas le jeter, c'est une purge et un bon fortifiant : on le donne de préférence aux gens ou aux animaux malades. Je mettrai les fromages sortis des faisselles dans la chazeïre[55] pour qu'ils soient à l'abri des mouches. Comme c'est l'été, on ira la pendre au cerisier, dans la cour, à l'ombre. Au grand air, le fromage séchera plus vite, et sera meilleur.

– Et pour les chabrirou[56] tu fais la même chose ?, s'informa Marie, très intéressée par les explications de sa mère.

– Exactement, sauf que je prends les petites faisselles que tu vois là-bas, répondit cette dernière. Maintenant, je vous ai réservé une surprise : comme vous avez été bien sages, on va faire de la crème Chantilly.

– Chic alors, chic alors », s'exclamèrent ensemble les fillettes en sautant de joie.

La mère alla chercher à la cave, un saladier à moitié plein de crème fraîche, sucrée. Une fois assise, le récipient calé entre ses genoux, elle se mit à battre la crème à l'aide de deux fourchettes.

« Il faut pas s'arrêter quand on a commencé, sinon elle réussit pas, elle "tombe", précisa la mère qui commençait à avoir mal au poignet droit.

Au bout d'un moment assez long, elle déposa sur la table le saladier rempli d'une montagne de neige ferme.

Ne pouvant y résister, et profitant du fait que leur mère ne les regardait pas, les fillettes y trempèrent chacune un doigt qu'elles s'empressèrent de lécher, en se régalant.

## L'usine de soie naturelle

« Marie et Josette, la cousine Gisèle doit téléphoner de Paris, vers les quinze heures. Alors, si vous voulez lui parler, venez me retrouver à l'usine, mais soyez bien à l'heure », annonça Thérèse aux deux fillettes au repas de midi.

La grande sœur travaillait dans un moulinage de soie naturelle, situé à peine à trois cents mètres de la ferme. Son emploi de secrétaire comptable ne l'occupant pas à plein temps, elle donnait un coup de main, si besoin était, aux métiers.

La patronne était la seule, dans un rayon d'au moins cinq kilomètres, à posséder le téléphone. En effet, à l'époque, seuls les commerçants importants, ou les familles riches possédaient un appareil téléphonique. Par contre, dans tous les villages, il y avait un téléphone public, installé généralement dans un bistro ; le propriétaire n'en payait pas l'abonnement, en compensation du dérangement que cela lui occasionnait.

La ferme exploitée par la famille Legrain étant située dans un hameau isolé, il n'y avait rien de tel. Heureusement, la patronne de l'usine était simple et sympathique, elle ne refusait jamais de rendre service.

Les deux fillettes étant arrivées en avance, Thérèse, qui avait un petit moment de libre, leur expliqua en joignant le geste à la parole :

« Vous voyez cet appareil fixé au mur ; pour obtenir une communication, il faut d'abord tourner la manivelle en bois et mettre l'écouteur à l'oreille. Maintenant, on attend que la demoiselle de la Poste nous réponde. Des fois, c'est un peu long, tout dépend du travail qu'elle a. Dès qu'elle s'annonce, vous lui demandez le numéro que vous désirez. S'il est libre, vous l'avez rapidement, sinon il faut tout recommencer. »

A quinze heures, le téléphone sonna. C'était la cousine qui, travaillant à la Poste à Paris, les appelait, comme elle avait l'habitude de le faire de temps en temps.

Thérèse commença par lui demander des nouvelles de toute la famille, puis céda l'appareil aux petites sœurs. Toutes intimidées, elles parlèrent un peu, l'une après l'autre, ne se sentant pas très à l'aise. Marie était en train de bavarder lorsqu'elle entendit : « Terminé, personne, je coupe ! » Après un bref au revoir à la cousine, elle s'empressa de raccrocher. Elle crut que la postière lui intimait l'ordre de se taire, alors que cette dernière ne faisait que poser une question, suite à un silence des deux correspondantes.

« Faites leur visiter l'usine, Thérèse, si ça leur fait plaisir ; aujourd'hui nous avons le temps, le travail ne presse pas », suggéra aimablement la propriétaire des lieux.

La longue et belle bâtisse tout en pierres, éclairée par de nombreuses fenêtres, était construite tout près d'un ruisseau.

« Venez, on commence par l'extérieur », leur dit la sœur aînée, en se dirigeant dehors. Elle les emmena devant une roue immense, alimentée en eau par un petit barrage.

« En hiver, quand il fait très froid, l'eau gèle et la turbine reste collée au mur : elle ne peut plus tourner. Il faut alors que Michel ou Paul vienne la libérer, en cassant la glace à coups de pics. C'est très dangereux, il faut qu'ils fassent attention car, lorsqu'elle repart, en tournant, elle pourrait les écraser contre le mur. C'est cette roue qui fait fonctionner toutes les machines de l'usine. Par temps de sécheresse, c'est l'électricité qui prend la relève ; mais cela revient très cher, alors que l'eau est gratuite.

« Le bruit de toutes ces machines ne te casse pas les oreilles ? demanda Marie lorsqu'elles se retrouvèrent à l'intérieur, devant tous les métiers qui tournaient.

– On s'y habitue, mais quand on veut se parler, il faut élever la voix pour s'entendre. Regardez tous ces écheveaux, c'est de la soie naturelle. Jeudi prochain, avec ma patronne, on ira en chercher d'autres chez les soyeux à Lyon, avec sa 4 CV. C'est moi qui conduirai. Elle m'a dit qu'on pourrait peut-être vous emmener. Vous voudrez venir ?

– Bien sûr, répondirent en chœur les deux fillettes, ravies à la perspective d'un si long voyage.

« D'où vient-elle cette soie ? interrogea encore Marie, d'un naturel curieux.

– Elle est importée du Japon, de Chine et de Perse . »

La fillette ne savait pas où se trouvaient exactement ces pays. Malgré tout, elle se rendait bien compte qu'ils étaient sûrement très éloignés de la France. Cela suffit à alimenter son imagination fertile le restant de la journée.

# Les travaux de la ferme en automne

Octobre revint avec une nouvelle rentrée des classes.

Tous les soirs, une fois les devoirs scolaires finis, Marie et Josette allaient aider leurs parents pour la récolte des pommes de terre, tout en surveillant les vaches qui paissaient dans un pré, juste à côté. Les aînés de la famille étaient absents : certains se retrouvaient en pension à l'école, les autres en apprentissage d'un métier, parce que les études ne les passionnaient pas.

« Oubliez pas de mettre les grosses dans un sac, les petites et celles qui sont abîmées dans un autre », leur rappelait le père, lorsqu'elles allaient le rejoindre au champ. Plié en deux, il arrachait les tubercules depuis plusieurs heures avec sa pioche, tandis que la mère les ramassait.

Il fallait les soustraire rapidement à la lumière du jour afin qu'elles ne verdissent pas, auquel cas elles deviendraient non comestibles.

Un peu avant la tombée de la nuit, le père et la mère Legrain attelaient deux vaches au char, plein de grands sacs en toile de jute, remplis de pommes de terre. Arrivés à la ferme, on s'empressait de les vider à la cave, dans le noir, où elles se conservaient jusqu'à l'année suivante..

Deux tas s'élevaient alors l'un près de l'autre : les grosses et belles pommes de terre pour la consommation de la famille, les autres pour les animaux.

« Vous devriez mettre de l'engrais dans vos terres, au lieu de vous casser les reins à remplir des tombereaux de fumier. C'est plus propre, moins fatigant, et le rendement est bien meilleur. Et puis, que diable, il faut aller avec le progrès ! expliqua un voisin au père Legrain un jour qu'il le trouva en train d'épandre le fumier de ses vaches dans une terre.

– Il y a un proverbe qui dit "tout nouveau, tout beau", on en reparlera dans quelques années de leur engrais qu'ils vantent tant, les marchands ! C'est encore une histoire de commerce ! Moi, je m'en tiendrai à mon fumier comme je l'ai toujours vu faire à mon père et à mon grand-père. J'ai pas envie de brûler mes terres : on sait pas avec quoi c'est fait, ils nous racontent bien ce qu'ils veulent. Moi, les grands mots m'impressionnent pas : les phosphates et tout le reste ! Ils se croient tous plus malins les uns que les autres, mais en fin de compte, ils se trompent peut-être bien. Et puis, mon fumier, il est gratuit, et j'ai pas des sous à jeter par les fenêtres ; ça coûte cher d'envoyer longtemps les enfants à l'école ! Pour ma part, j'aime mieux leur donner une bonne situation que de gaspiller mon argent avec toutes ces nouveautés qui m'inspirent pas bien confiance. Alors, moderne ou pas moderne, c'est le dernier de mes soucis ! » rétorqua le père avec son franc-parler habituel, et son bon sens de petit paysan de la montagne.

Marie qui gardait les vaches à côté, apprécia la répartie que son père fit au voisin connu pour être un patentier[57] !

« Marie, viens avec moi, on va labourer la terre "des Pins" commanda le père, le jeudi suivant à la fillette.

*Les labours*

Arrivé sur les lieux, après avoir attelé la charrue aux deux vaches liées, il s'installa derrière l'instrument aratoire pour le guider.

« Voo », dit alors la fillette à l'attelage qui commença aussitôt à avancer. Il fallait le guider pour qu'il marche droit. Peu à peu, de longs sillons brillants s'alignèrent l'un près de l'autre. Tout en travaillant, l'enfant se plaisait à regarder cette belle terre brune, riche de promesses.

Les jours suivants, le père aplatit les grosses mottes avec l'égramenaïre[58] qui, en même temps, déracinait le chiendent.

Quelque temps après, la fillette put l'observer : le semoir à hauteur du ventre, maintenu par une large courroie passée sur une épaule, en train d'ensemencer le froment.

« Maintenant, on va y passer le gros rouleau pour enfoncer un peu les grains. Puis, j'y mettrai quelques épouvantails pour que les oiseaux viennent pas tout manger », expliqua-t-il à l'enfant.

Bientôt, une épaisse couche de neige viendrait recouvrir tout cela, assurant un arrosage régulier aux jeunes pousses tout en les protégeant du gel.

Aux vacances de la Toussaint, le père Legrain, aidé par ses fils aînés, alors en vacances, abattit quelques arbres morts qui bordaient la rivière. Ceci, afin d'avoir du bois pour se chauffer pendant toute la mauvaise saison.

Quelques jours plus tard, il rejoignit les autres parents d'élèves, afin d'aller faire une coupe de bois dans la forêt communale, pour l'instituteur.

Les arbres coupés, tirés à proximité de l'école, les hommes les transformèrent en bûches à l'aide de la scie mécanique et de la hache. De temps en temps, le maître leur offrait à boire. Le travail s'effectua dans la bonne humeur générale et la joie de se retrouver ensemble.

« Vous allez faire la chaîne à partir du tas de bois jusqu'au grenier, en vous passant les bûches les uns aux autres ; moi je les rangerai », commanda l'instituteur à ses élèves les jours suivants, à la récréation.

Tout en s'activant, Marie pensa que l'hiver pouvait venir : il y aurait de quoi se chauffer.

## La veillée en famille

Les voisins étant rares, et ne se fréquentant pas comme à Queyrières, le père Legrain pourtant peu volubile en famille, prit l'habitude de conter des anecdotes de sa jeunesse aux siens, le soir à la veillée, tout en paillant des chaises, ou en tressant des paillas[52], pendant les vacances de Noël.

Seule, la patronne de l'usine de soie, qui était célibataire et qui vouait une admiration sans borne à la famille Legrain, y assistait parfois :

« De mon temps, on allait faire les fenaisons dans les grosses fermes de la Loire et du Rhône, pour gagner quelques sous, car on avait rien.

On était logé et nourri pendant toute la saison. A midi, on mangeait avec le patron à la grande table familiale. Il fallait pas traîner, chaque minute était précieuse car on devait vite retourner au travail. Dès que le chef avait fini, il fermait son couteau en faisant claquer la lame, c'était le signal. Tout le monde se levait, repas fini ou pas, pour retourner dans le pré.

Plusieurs années de suite, je suis allé dans la même famille à Saint-Genis-Laval. Les patrons étaient un couple de personnes âgées ; un jour, ils me dirent :

"François, tout nous laisse à penser que vous êtes un brave petit gars. Nous, malheureusement, nous avons pas d'enfants. Si vous êtes d'accord, nous vous donnons notre ferme, à condition que vous nous gardiez jusqu'à notre mort. Oh, nous ne serons pas pénibles, et vous dirigerez vos affaires comme bon vous semblera. Mais nous vous conseillons d'aller chercher une fille dans votre pays pour vous marier, car celles de la ville valent rien pour le travail de la campagne !"

Je m'attendais pas du tout à une telle proposition. Ça m'a fait plaisir de voir qu'ils m'estimaient autant. Je les ai bien remerciés pour leur confiance et leur amitié, et je leur ai dit que j'allais y réfléchir.

Revenu à Queyrières, j'ai bien essayé de convaincre mes parents de me suivre là-bas en leur expliquant qu'on y gagnerait bien plus facilement notre vie, parce que c'était la plaine, et qu'il y faisait bien moins froid mais, rien à faire. Alors, comme ils étaient vieux et que mon frère et ma sœur étaient déjà partis en ville, j'ai pas pu les abandonner. Je l'ai regretté plus d'une fois : on aurait moins bataillé que par là, et puis j'aurais été mon maître. J'aurais pu aussi acheter un cheval et une charrette, et, chaque matin, aller livrer le lait de me vaches aux Lyonnais. Mais voilà, ça s'est pas fait ! »

« Mon grand-père habitait au "Vernet", près du Pertuis, c'était le plus riche de la commune : il avait une bonne vingtaine de vaches et la propriété lui appartenait, ce qui était très rare à l'époque. En général, les paysans étaient simplement fermiers et quand on avait quatre ou cinq vaches, c'était déjà pas mal.

Pour Noël, le Jour de l'an, Mardi gras, Pâques et toutes les autres fêtes de l'année, les pauvres du pays venaient manger la soupe chez lui, avec un bon morceau de lard, et des fois des saucisses et du fromage. Ils repartaient le ventre plein et avec une pièce de un sou.

Mais voilà, il perdit au moins la moitié de sa fortune en plaidant contre la commune voisine, qui voulait s'emparer de certains bois appartenant au Pertuis. Si ça c'était passé ainsi, les gens auraient pas pu continuer à faire annuellement une coupe de bois gratuite, comme ils en avaient l'habitude depuis toujours.

Il y mangea presque la moitié de ce qu'il avait, mais il gagna ! »

Des années plus tard, Marie se rendrait compte que les descendants de ce grand-père avaient hérité en partie de son caractère.

En effet, toute sa famille et elle-même se rangeraient toujours du côté du plus démuni, et supporteraient très mal l'injustice.

« Un curé des environs de Queyrières réunissait des fois les jeunes du pays chez lui, à la veillée. Quand on était tous installés autour de la table, il disait certaines paroles, faisait des gestes bizarres et, tout à coup, les fenêtres qui pourtant étaient bien fermées, s'ouvraient toutes seules : une bande de corbeaux entrait en criant, il y en avait de partout !

Au bout d'un moment, le prêtre disait d'autres paroles et les corbeaux disparaissaient mystérieusement !

Il faisait aussi emballer les chevaux dans les champs, rien qu'en disant certains mots ! Il faisait de la physique[59].

« Quand j'étais gamin, il y avait une femme qui vivait tout le temps dans les bois à côté de Queyrières avec ses chèvres et son chien. On l'appelait : le Tamaïou. Elle s'était fabriqué une petite maison en pierres dans la forêt, pour se mettre à l'abri avec ses bêtes quand il neigeait ou qu'il pleuvait.

Les chèvres se nourrissaient avec l'herbe, les ronces, et les broussailles du sous-bois. Elle et son chien buvaient le lait des chèvres. Elle vivait aussi d'airelles, de framboises, de mures, de noisettes et de champignons. En hiver, quand elle trouvait rien, parce qu'il y avait trop de neige, elle arrachait des racines, les faisaient cuire et les mangeait.

Elle avait pas sa pareille pour connaître les plantes qui guérissent. Elle avait aussi un don et on venait la voir de partout : elle mettait ses mains au dessus du malade sans le toucher ; il paraît qu'on sentait du froid ou du chaud. Elle récitait à voix basse des prières mystérieuses et se signait. Si on en croit les dires, elle guérissait souvent les gens.

Elle voulait pas de sous ; elle demandait seulement de remercier le Bon Dieu qui lui avait donné ce don. On lui apportait des vêtements qui servaient plus, et de la nourriture. Il paraît aussi que les bêtes de la forêt en avaient pas peur du tout : elle pouvait toutes les attraper, elles se laissaient faire !

Elle est devenue très vieille. Un beau jour on l'a trouvée morte dans sa cabane. Tous ses animaux étaient autour d'elle, on aurait dit qu'ils la veillaient ! »

Marie affectionnait particulièrement cette histoire, et plus tard, elle serait toujours attirée par les gens proches de la nature.

« Pour la guerre de 1870, les hommes devaient tirer un numéro afin de savoir s'ils iraient la faire ou pas : il y avait le bon et le mauvais numéro.

Ils pouvaient envoyer quelqu'un d'autre à leur place, s'ils avaient tiré le mauvais numéro. Seulement voilà, il fallait le payer et ça coûtait cher bien sûr !

C'est ce que fit un de mes ancêtres : son frère partit à sa place avec la promesse d'une grosse somme d'argent quand il reviendrait. Quand il revint, il était gravement blessé : on l'avait amputé d'un bras, dans des conditions épouvantables, et il avait le moral bien bas.

Son frère se faisait un peu tirer l'oreille pour lui donner tous les sous qu'il lui avait promis. Mais le père de famille qui ne rigolait pas avec la parole donnée, lui passa derrière et il se dépêcha de lui les donner, car sinon, ça aurait fait beau à la maison ! »

Marie, en écoutant toutes ces histoires, et malgré son jeune âge, fut agréablement surprise de constater que son père, sous son aspect rude, possédait une certaine sensibilité, mais aussi, un sens de la droiture qui était tout en son honneur.

## Les communions

« Bien sûr, à l'école laïque, on est la première de sa classe, mais au catéchisme, on ne sait pas sa leçon », lança d'un ton méprisant l'abbé à Marie, qui n'osa pas lui expliquer qu'ayant été malade, la veille, elle n'avait pas pu l'apprendre.

Tous les jeudis matin, elle allait au catéchisme à Yssingeaux pour préparer sa communion solennelle. Elle s'y rendait à pied, de bon cœur, lorsque c'était l'autre abbé, plus sympathique que le premier, qui le leur enseignait. Il était agréable avec tous ses élèves, et ne faisait aucune différence entre ceux qui venaient de l'école libre ou de l'école laïque, contrairement à son confrère. Marie appréciait particulièrement quand il les emmenait voir un film relatant les aventures de Tintin et Milou, ou autres dessins animés de l'époque.

Au bout de quelque temps, ne supportant plus les réflexions acerbes de l'abbé grincheux, elle prit l'habitude de se cacher dans les bois près de la ferme, au lieu de se rendre à ses cours. Heureusement, c'était la fin de l'année scolaire et, l'abbé ne s'étant pas aperçu de son absence, ne la signala pas aux parents Legrain.

« Que tu es belle dans ta robe de communion, on dirait une petite mariée ! », s'exclama la patronne de l'usine de soie, en voyant Marie ainsi habillée, le jour de sa communion.

A l'époque, les filles revêtaient pour l'occasion, une robe blanche en dentelles, plus ou moins jolie selon les moyens financiers de la famille. Celle de Marie avait déjà servie à la sœur aînée et à plusieurs cousines, plus tard, elle ferait encore l'affaire pour la petite sœur. Elle sentait bien un peu la naphtaline, était légèrement jaunie mais, malgré cela, avec son visage ovale aux traits réguliers, ses beaux cheveux noirs, recouverts en partie par un voile en dentelles blanches, la fillette faisait penser à un tableau de peintre, représentant une madone espagnole.

Dans ses petites mains gantées de blanc pour la circonstance, elle tenait un cierge. Certaines de ses camarades en possédaient de bien plus gros et semblaient en être fières. Confusément, la fillette sentait que cela n'avait rien à voir avec la foi, et n'en était aucunement attristée.

Pendant l'office, son regard se porta plusieurs fois sur les garçons rangés de l'autre côté de l'allée centrale. Ils étrennaient fièrement un costume sombre avec un pantalon long ce qui leur donnait un peu l'impression d'être devenus d'un coup des hommes ! En effet, jusqu'à présent, ils n'avaient porté que des culottes courtes qui les reléguaient dans le camp des gamins.

En haut du bras droit, un brassard blanc, orné d'un gros nœud et de longues franges, symbolisait ce genre de cérémonie. Chemise blanche et pochette en dentelle égayaient la tenue. Des souliers noirs vernis, souvent un peu trop grands afin qu'ils fassent plus de profit, remplaçaient ce jour-là, les sabots ou les galoches habituels.

En les observant, Marie ne put s'empêcher de penser que Mathias devait être bien beau, habillé ainsi, et une fois de plus, sa présence lui manqua terriblement.

# Le grand voyage scolaire en Gironde

Fin juin, comme promis, le maître emmena ses élèves dans la Gironde, passer une semaine chez leurs correspondants.

Chants, jeux, “arrêts pipi”, visite de quelques sites intéressants situés sur leur passage, casse-croûte pris sur l'herbe, firent que le voyage ne leur parut pas trop long.

Une fois arrivés, Marie crut que c'était le paradis ! Les maisons disparaissaient en grande partie derrière les rosiers grimpants en fleurs. Ici, le pays était plat : la fillette découvrit les interminables forêts de pins et les champs de vigne, à perte de vue.

Les parents de Nicole, sa correspondante, l'accueillirent à bras ouverts. Ils fabriquaient eux-mêmes leur vin, et remplissaient un peu trop souvent le verre de Marie d'un petit blanc, faiblement alcoolisé, dont le goût sucré lui plaisait bien. Ce dernier lui déliait un peu trop la langue. Elle, qui pourtant était d'un naturel timide, les faisait alors rire aux éclats.

« Dommage qu'elle n'ait pas seize ans », répétait un de leur voisin, âgé d'une vingtaine d'années en regardant Marie, chaque fois qu'il leur rendait visite. Cette dernière devenait alors toute rouge et ne savait plus où se mettre !

On les emmena visiter le bassin d'Arcachon, le phare du Cap Ferret. Ensuite, ils grimpèrent tout en haut de la dune du

Pyla. Le fils de l'instituteur de Gironde lui donnait souvent la main pour l'aider dans l'ascension, au grand dépit de certaines filles qui semblaient en être jalouses.

Par politesse, Marie ne le repoussait pas, mais au fond de son cœur, c'était la présence de Mathias qu'elle aurait souhaitée près d'elle à ces moments-là.

## La pension au Puy-en-Velay

A douze ans, comme convenu, Marie se retrouva en pension au Collège Technique et Moderne du Puy en Velay. L'école, située sur les hauteurs de la vieille ville, était une ancienne caserne. Longue et haute bâtisse en pierre, à la façade percée de nombreuses fenêtres, elle dominait une partie de la ville. Devant, une cour immense entourée de hauts murs, telle une prison ! On y pénétrait par un grand portail en bois clouté, arrondi dans sa partie supérieure. Quelques troènes et de rares pommiers du Japon, adoucissaient un peu toute cette sévérité.

Au début, Marie était perdue au milieu de toutes ces filles, car, bien entendu, ce n'était pas une école mixte. A l'époque, on évitait soigneusement de mélanger filles et garçons ! Si bien que quelques années plus tard, lorsqu'elle en sortit définitivement, elle devenait rouge comme une pivoine quand un garçon lui adressait la parole !

En classe, l'ambiance était totalement différente de celle qu'elle avait connue en primaire. Ici, la fillette avait l'impression d'être devenue un numéro parmi tant d'autres. Qu'elle travaille ou pas, personne ne s'en souciait. La discipline était très sévère. On rentrait à la maison une fois par mois, et encore si on n'était pas collée.

Les dortoirs étaient immenses : une cinquantaine de lits étaient rangés les uns près des autres, recouverts de couvre-lits en coton blanc. Celui de Marie se trouvait près d'un gros poêle qui fumait plus qu'il ne chauffait. La première année, c'était le soir, dans son lit, avant de s'endormir, que la fillette avait le plus le cafard : elle languissait de sa mère tendrement aimée, qu'elle n'avait jamais quittée jusqu'à présent, et désespérait de retrouver son cher petit camarade Mathias que les années passant ne lui faisaient pas oublier.

« Tu veux une pomme », lui demanda gentiment sa voisine un soir avant de se coucher, tout en sortant une valise de dessous son lit, à moitié remplie de fruits juteux et parfumés.

C'est ainsi qu'elle commença à sympathiser avec Colette qui, par la suite, deviendrait et resterait sa meilleure amie. Marie était un peu hypnotisée par ses jolis yeux verts, illuminant un visage triangulaire, évoquant celui d'un chat. Elles étaient dans la même classe, et si Marie eut la joie d'être souvent la première en français, Colette l'était dans toutes les autres matières. Elles eurent aussi l'agréable surprise de constater que les fermes de leurs parents étaient éloignées seulement d'une dizaine de kilomètres.

A vingt et une heures, la surveillante éteignait la lumière et ordonnait de se taire : chose pas facile quand on a entre douze et dix-huit ans ! La première année, Marie, manquant d'assurance, fut sage comme une image, mais par la suite, elle ne manqua pas une occasion pour faire rire les autres.

« Demain, c'est vendredi treize, il faut glisser une cuvette pleine d'eau sous notre lit et y mettre des petits papiers pliés en quatre, avec un nom de garçon inscrit sur chacun d'eux. Demain matin, le papier qui flottera à la surface nous révélera le nom de notre futur mari » expliqua une grande, la veille du jour fatidique.

Marie l'écouta, un peu amusée, mais le cœur battant malgré tout : et si le papier portait le nom de Mathias !

« Attention, la pionne », chuchotait parfois une fille pour avertir ses camarades, qui, planquées sous les draps, se délectaient à la lecture d'un roman-photo, à la lueur d'une lampe électrique.

Distractions bien innocentes, qui rompaient un peu la monotonie de l'internat.

A sept heures, une sonnerie stridente tirait Marie de ses rêves. Comme elle a pu la maudire à l'époque, surtout en hiver. Bien au chaud dans son lit, il fallait une certaine dose de courage pour affronter le froid du dortoir. Mais elle n'avait pas le choix. En chemise de nuit, elle allait faire une toilette sommaire à l'eau froide, près de ses camarades, alignées le long d'un lavabo métallique immense.

« C'est trop chaud, c'est glacé ! » criaient, selon le cas, les filles sous la douche hebdomadaire, obligatoire, à la surveillante chargée d'ouvrir les robinets d'eau chaude ou froide qui alimentaient toutes les cabines.

Malgré le confort rudimentaire, Marie y allait avec plaisir : on se sentait si bien, ensuite.

Après un petit déjeuner copieux pour l'époque, les cours commençaient.

« Tout le monde dehors, il faut aller s'oxygéner », ordonnait la surveillante qui faisait le tour des classes, à l'heure de la récréation, même s'il faisait très froid.

En hiver, les filles auraient préféré rester autour du poêle, à faire fondre des sucres chipés au petit déjeuner, pour les transformer en caramel, comme elles le faisaient parfois le jeudi, après la promenade.

A midi, il y avait deux services pour aller manger. D'abord celui des "petites" de la sixième à la troisième, ensuite celui des grandes de la seconde à la terminale. Deux rangées de longues tables emplissaient le réfectoire, pourtant immense. Il y avait dix élèves par tablée : deux d'entre elles, étant les chefs de table, distribuaient la nourriture aux autres avec parfois un peu de favoritisme.

Dans l'ensemble, les repas étaient bons, les frites, particulièrement, étaient délicieuses, et ce jour-là, c'était un peu la fête.

« Finissez votre viande, mademoiselle Legrain », ordonnait quelquefois la surveillante à Marie, qui avait toutes les peines du monde à l'avaler, les jours où elle était saignante.

Les pionnes étaient chargées de surveiller que tout le monde mange de tout, même si on devait en vomir !

A dix sept heures, c'était l'heure du goûter : un verre de lait chaud, une tranche de pain et un bâton de chocolat, souvent insuffisants, car, à cette heure-là, les pensionnaires étaient affamées. Les deux grandes sœurs de Colette étaient employées aux cuisines. Lorsqu'elles avaient fini de servir les élèves, discrètement, elles sortaient de leurs poches quelques tranches de pain, qu'elles donnaient aux deux fillettes : petits riens qui aidaient à supporter la rigueur de la pension !

Les deux premières années, Marie eut comme voisine de classe, Paulette, une fille de Queyrières, son pays natal.

« Est-ce que tu sais où est Mathias, cette année ? lui demanda la fillette, un peu après la rentrée.

– Il est en pension au Puy, mais je ne sais pas dans quelle école. Je l'ai rencontré juste avant la fin des vacances, et il m'a recommandé de bien te donner le bonjour, si je te voyais. »

En constatant que son petit camarade pensait toujours à elle, Marie ressentit une grande joie.

Le lendemain des vacances de la Toussaint, Paulette remit à Marie, en cachette des surveillantes et des professeurs, une lettre de ce dernier.

Les mains tremblantes, après avoir vérifié que personne ne la regardait, elle ouvrit l'enveloppe, et c'est émue jusqu'aux larmes, qu'elle commença la lecture :

« Ma chère petite Marie,

J'ai été vraiment content d'apprendre que tu es en classe avec Paulette. Si tu es d'accord, elle pourra faire le facteur entre nous deux. Car je pense que, toi aussi, tu n'as pas le droit de recevoir des lettres, sauf des parents.

Tu vois, je ne t'ai pas oubliée, et je crois bien que c'est pour toujours. Comme je te l'ai dit, quand on s'est vu au marché d'Yssingeaux, je n'ai personne avec qui je m'amuse aussi bien qu'avec toi. D'ailleurs, je n'en ai pas envie et je n'en veux pas. Depuis que tu es partie, je m'embête. Je pense toujours à toi, quand on jouait et qu'on rigolait bien ensemble.

Je suis au Pensionnat. Ici, ils sont très sévères. Le soir, avant de m'endormir, j'ai drôlement le cafard. Alors, en cachette, je sors la photo de classe où l'on est ensemble à Queyrières : je te regarde, tu es trop mignonne ! A ce moment là, je veux être avec toi de tout mon cœur. Des fois, ça me fait même pleurer, quand je me dis qu'on ne peut plus se voir comme avant.

Si tu peux, envoies-moi une photo où tu es toute seule. Au marché, je n'ai pas osé te le dire, mais j'ai trouvé que tu étais devenue une vraie demoiselle ! Enfin quoi, tu es de plus en plus jolie.

J'espère que tu vas vite me répondre. Je te fais de gros gros bisous.

Mathias

P.S. Je pense toujours ce que je t'ai dit avant que l'on se sépare à Queyrières. Qu'est-ce que t'en dis ? »

Marie conserva précieusement la lettre, elle la relut maintes et maintes fois, toujours avec autant d'émotion. Elle prépara soigneusement une réponse en y joignant la photo demandée, lui répétant à plusieurs reprises, qu'elle aussi, pensait toujours à lui et ne l'oublierait jamais.

Paulette la remit au jeune garçon pendant les vacances de Noël, ne l'ayant pas rencontré avant. Ainsi, pendant deux ans, il échangèrent trois ou quatre lettres par an, plus leur étant impossible. Puis, malheureusement, Paulette arrêta ses études, ces dernières ne la passionnant pas du tout.

Ainsi, le fil qui reliait les deux enfants fut rompu, et la fillette en éprouva à nouveau un immense chagrin. Il ne lui restait qu'une poignée de lettres qu'elle relisait inlassablement, toujours en cachette bien entendu, avec l'espoir qu'un jour, peut-être, ils se retrouveraient. Mais quand et comment ?

Marie eut bien l'idée d'envoyer ses lettres à l'adresse des parents de Mathias, mais elle pensa à juste titre que le père Deschêne intercepterait les missives, tout comme le ferait certainement son propre père pour les réponses, et elle savait pertinemment que la punition risquait d'être terrible pour eux deux.

« Tu le reverras ton Mathias, va. Plus tard, on ira danser toutes les deux, et c'est bien rare, si un jour où l'autre, tu ne le rencontres pas ! lui disait de temps en temps Colette, qui était devenue sa confidente, quand elle se rendait compte que sa camarade avait vraiment trop le cafard.

– On voit bien que tu ne connais pas mon père, c'est pas demain la veille qu'il me laissera sortir !

– Il n'a quand même pas l'intention de te cloîtrer ! Il te lâchera bien un jour ou l'autre ! Crois-moi, tu le reverras ton copain, il n'habite pas au bout du monde quand même ! Et c'est peut-être quand tu t'y attendras le moins, que tu le verras devant toi ! »

Heureusement, Colette avait un caractère optimiste, et savait trouver les mots qu'il fallait pour encourager Marie. C'est cette qualité, en particulier, qui plaisait à la fillette. Elle n'aurait pas du tout apprécié qu'on la plaigne, elle attendait surtout des encouragements, à condition toutefois, que ces derniers lui semblent vraisemblables, et non pas du domaine de l'utopie.

Juste en face du collège, se trouvait l'école normale de garçons. Claude, un des frères de Marie, y était en classe. Elle était fière d'avoir un frangin normalien ; à l'époque, c'était quelque chose ! les collégiennes les apercevaient parfois à la fenêtre du dernier étage de leur établissement. Mais les surveillantes faisaient la chasse aux grandes qui lorgnaient un peu trop dans cette direction.

A l'heure de l'étude, une fois les devoirs terminés, Marie sortait son livre de bibliothèque. La lecture la plongeant dans un monde souvent passionnant pour elle, l'aida à supporter l'absence et le silence de son camarade, mais aussi l'ennui et la discipline rigoureuse de la pension.

« Si sa majesté, mademoiselle Legrain veut bien se donner la peine de se baisser pour ramasser les papiers qui sont par terre, près d'elle, elle me ferait un grand honneur ! » dit la surveillante générale à Marie, avec un petit sourire mi sympathique, mi ironique, un jour d'inspection de la salle d'études.

Ayant eu la petite jeune fille comme élève, les années précédentes, alors qu'elle-même était, à l'époque, professeur de français, elle avait pu apprécier son caractère à la fois entier, original et un brin altier, à travers les devoirs, que celle-ci lui rendait. C'était une de ses meilleures élèves, et la personnalité de cette dernière lui plaisait.

Marie obtempéra en souriant, un peu flattée en percevant l'intérêt masqué que cette dernière lui portait. Ce d'autant plus qu'elle admirait cette femme qui sortait de l'ordinaire, tant par son physique, que par son intelligence et ses idées hors du commun.

Jeudi et dimanche après-midi étaient consacrés à la promenade. En rang trois par trois, vêtues de bleu marine, le béret obligatoire vissé sur la tête, encadrées par deux ou trois surveillantes, elles allaient faire une bonne marche à pied dans les environs du Puy-en-Velay, qui étaient très pittoresques. Leurs seuls petits plaisirs consistaient à chiper quelques pommes dans un verger, en cachette des pionnes, et à acheter pour trois sous de bonbons au retour, avec leur accord cette fois. Lorsqu'on croisait les élèves d'une école de garçons, eux aussi en promenade, Marie espérait y reconnaître son camarade, mais elle ne le vit jamais.

Le dimanche matin, on les accompagnait à la messe dans la très belle cathédrale située au pied du Rocher Corneille. Le curé leur faisait souvent chanter des cantiques. Elles le faisaient de bon cœur ; leurs chants devaient ébranler les murs de l'église, tellement elles donnaient de la voix !

« Cet après-midi, comme il neige, on vous emmènera voir un film », annonçait parfois la directrice, en hiver lorsque le temps n'était pas propice à la marche à pied. Toutes les élèves étaient alors ravies de ce changement de programme. Marie adorait les documentaires du style : "A la découverte du Monde" qui lui permettaient de s'évader pendant quelques instants des murs gris de sa pension. Mais toute sa vie, elle se souviendrait du film : "Notre-Dame de Paris", tiré du chef-d'œuvre de Victor Hugo. Pendant toute la séance, elle fut littéralement en extase devant la beauté d'Esmeralda et Quasimodo la fit pleurer à chaudes larmes.

Comme le supposait justement Mathias dans ses lettres, seule la famille avait le droit d'écrire aux pensionnaires. Marie avait rarement du courrier, elle correspondait uniquement avec son frère Roger qui faisait la guerre en Algérie. Chaque soir, elle se joignait par la pensée à sa mère, qui priait la Sainte-Vierge afin que cette dernière le protège.

***Basilique Notre-Dame du Puy***

A la veille des vacances de Noël, les pensionnaires organisaient une petite fête au dortoir, avec la surveillante. Elles lui faisaient un petit cadeau à la mesure de leurs maigres finances. En contrepartie cette dernière leur offrait des friandises. Il fallait décorer le dortoir : de petites boules de coton maintenues par des fils invisibles pendaient du plafond, accrochées avec des punaises dorées. Les premières se devaient d'imiter des flocons de neige, les dernières des étoiles. Croissants de lune, encore des étoiles, et des flocons de neige étaient collés aux vitres. C'était à qui aurait le plus d'imagination, et Marie excellait en la matière. La veillée se poursuivait tard dans la nuit, agrémentée de chants, de blagues et de fous rires.

La directrice de l'établissement mettait un pick-up et des disques à la mode de l'époque, à leur disposition les jeudis et dimanches après-midi, après la promenade.

« Apprenez à danser, ainsi plus tard, lorsque vous irez au bal, vous ne ferez pas tapisserie », leur disait-elle fréquemment.

Paroles surprenantes dans la bouche d'une personne au demeurant très sévère ! Valses, tangos, slows, javas, marches... c'était à qui danserait le mieux. Un disque de l'époque : "Only you" des Platters, rendait Marie nostalgique, car bien entendu, il lui faisait penser à Mathias, le seul et unique qui semblait être capable de lui faire battre le cœur.

Lorsque Marie revenait à la maison, une fois par mois, en dehors des vacances de la Toussaint, de Noël et de Pâques, il n'était pas question pour elle d'aller s'amuser. Elle aidait sa mère, souvent fatiguée à cette époque, à faire la lessive. Lorsqu'il faisait trop froid, et qu'on ne pouvait pas se rendre au lavoir, elle allait chercher l'eau à la fontaine, afin de laver le linge dans un baquet. Une fois sec, elle le repassait avec le jeu de fers en fonte qui chauffaient en permanence sur le fourneau.

Le week-end se passait ainsi, et le lundi matin, elle reprenait la route de la pension, le cœur lourd pour un autre mois de prison. Elle s'y rendait avec le car.

« Vous êtes bien mademoiselle Legrain, comment va votre frère "un tel" ? etc. » lui demandait quelquefois, avec son plus beau sourire, une grande jeune fille qu'elle connaissait à peine de vue, tout en lui offrant des bonbons.

La fillette, n'étant pas dupe, s'amusait de l'intérêt que cette dernière lui prêtait soudainement, sachant pertinemment que c'était le frère en question qui occupait ses pensées et non pas elle. Il arrivait aussi que quelque jeune homme lui cède galamment sa place, lorsque le car était plein. Marie sentait alors ses joues s'empourprer, à son grand dépit !

## Enfin les vacances !

Pendant les vacances d'été, Marie participait toujours aux travaux des champs. Il n'était pas question pour elle de sorties avec ses camarades : le père Legrain, bien que petit de taille, et déjà âgé, tenant toute sa famille, mais particulièrement les filles, d'une poigne ferme et sans appel !

Par contre, elle allait souvent au marché d'Yssingeaux, le jeudi matin, avec sa mère ou sa petite sœur, espérant y rencontrer Mathias. Mais ce fut en vain : à croire qu'il s'était volatilisé, et chaque fois, elle en revenait déçue et le cœur lourd.

« Bonne fête les Marie », disait avec un gentil sourire le tonton Michel de Saint-Etienne, à sa belle-sœur et à sa nièce, en leur offrant un gros bouquet de glaïeuls, chaque année pour le quinze août.

En effet, chaque été ramenait les tontons et tatas de Lyon, de Condrieu, de Saint-Etienne, de Saint-Chamond, etc... La famille Legrain les accueillait à bras ouverts. Marie, ses frères et sœurs appréciaient d'autant plus leurs visites que les distractions étaient rares à l'époque, à la campagne.

Ils venaient prendre le bon air, et se ressourcer au pays natal, en contrepartie d'un coup de main pour les travaux des champs.

Quand ils arrivaient à l'improviste, la mère Legrain faisait une grosse omelette aux herbes fines, accompagnée d'une salade du jardin. On s'empressait de sortir le pain bis, le saucisson et le fromage de chèvre, faits maison, et tout le monde se régalait.

L'ambiance à la maison devenait ainsi plus agréable : le père Legrain content de les retrouver, étant de bien meilleure humeur !

Le soir, à la veillée, Marie aimait les écouter raconter l'histoire en marche dans les villes : les grèves des ouvriers, le modernisme qui s'installait, la mode, etc...

Lorsqu'ils venaient en trop grand nombre, la nuit, les hommes couchaient à la grange, dans le foin, laissant la literie aux femmes et aux enfants.

Au moment du départ, tout le monde était triste de se séparer.

*La batteuse*

# La batteuse

« Tu m'aideras à faire le repas et à servir les hommes, la batteuse va arriver sans tarder », rappela la mère à Marie, un matin de septembre.

En effet, lorsque l'immense machine arriva, tirée par une paire de bœufs, tous les voisins étaient là, pour aider, à charge de revanche. On l'installa près du grand gerbier, à la cime duquel se hissa un homme jeune et leste. Une à une, il envoya les gerbes sur la batteuse où quelqu'un d'autre coupait les liens et les dirigeait vers une ouverture prévue à cet usage. Comme par magie, le grain coulait à flots dans un sac de jute disposé sous une sorte de goulot. La paille sortait de l'autre côté. Les sacs étant pleins, les hommes les chargeaient sur leur dos et allaient les vider dans d'immenses greniers à la grange. Un nuage de poussière entourait les travailleurs et la machine. Les bœufs attachés à un arbre solide, une fois rassasiés en foin et en eau, se reposaient à l'ombre, en ruminant inlassablement. Les plaisanteries allaient bon train.

A midi, tout le monde se rassembla autour de la grande table pour se restaurer.

Marie, alors âgée d'une quinzaine d'années, était maintenant une jolie jeune fille. Inconsciente de son charme, d'autant que les compliments étaient choses rares dans la famille Legrain, le regard appuyé de certains jeunes hommes la mettaient mal à l'aise, alors qu'elle aidait sa mère pour les servir à table. Heureusement, la présence du père Legrain connu pour être intransigeant quant au respect dû à ses filles, refroidissait leur ardeur stimulée par le vin qu'on offrait, ce jour-là, un peu trop généreusement ! D'ailleurs, en fin de journée, certains roulaient à terre avec leurs sacs, et avaient toutes les peines du monde à arriver jusqu'aux greniers.

Vers le soir, la jeune fille étant allée chercher de l'eau à la fontaine, un peu éloignée de la maison, entendit quelqu'un courir derrière elle. Un peu effrayée, elle se retourna pour se retrouver nez à nez avec un des jeunes hommes de la batteuse, qui, sans plus de façons, essaya de la coincer contre un mur pour l'embrasser. Les joues empourprées, ses yeux brillants de colère, elle fut obligée de le gifler pour arriver à se défendre de ses manières un peu trop osées, à son goût.

« Petite sauvageonne, tu es encore plus belle lorsque tu es furieuse, mais je t'aurai un jour ! menaça le garçon en se frottant la joue.

– Fiche-moi la paix, ou alors tu auras à faire à mon père ! », lui répondit cette dernière tremblante dc dépit !

Ce jour-là, Marie eut un aperçu du désir qu'elle suscitait chez les hommes. Cela ne la flatta pas du tout, bien au contraire, car, étant de nature très romantique, elle attendait bien autre chose de l'amour. Un fois de plus, ses pensées se tournèrent vers Mathias : lui, au moins, ne serait pas un goujat de cette sorte, se rassura-t-elle.

## Le bal des Normaliens

A la fin de l'année scolaire, les terminales avaient le droit de se rendre au bal organisé par les normaliens. Quand vint le tour de Marie, elle s'y rendit accompagnée de Colette et de toutes les autres camarades de sa classe. Chacune ayant fait le maximum pour être en beauté.

Marie, qui allait sur ses dix-huit ans, était devenue une belle jeune fille élancée, aux jambes longues et bien galbées, à la taille très fine. Son type accentué de méditerranéenne, qu'elle devait certainement tenir de quelque lointain ancêtre, romain ou grec, se plaisait-elle à imaginer, la différenciait des autres. A peine maquillée, ses longs cheveux noirs flottant sur les épaules, vêtue d'une robe blanche qui mettait en valeur le hâle de sa peau, les pieds chaussés d'escarpins à talons hauts, elle n'était toujours pas vraiment consciente de son attrait, mais se sentait toujours très intimidée.

« Vous dansez, mademoiselle ? » lui demanda en souriant un beau jeune homme, dès qu'elle fut arrivée. Elle accepta, se sentant un peu gauche au début, mais ses pas s'accordant avec ceux de son cavalier, elle finit pas se détendre.

Ce dernier ne la lâcha pas de l'après-midi, et s'évertua à la faire rire et à essayer de l'intéresser. Mais si la jeune fille resta polie avec lui, son cœur était ailleurs. C'est pourquoi, en fin de soirée, elle refusa le rendez-vous que ce dernier lui proposait. Il était pourtant bien agréable et beaucoup de ses camarades semblaient le lui envier.

Ce jour-là, Marie commença à comprendre la maxime de Blaise Pascal : « Le cœur a ses raisons, que la raison ne connaît pas. »

Ayant obtenu ses deux baccalauréats, la jeune fille revint chez elle, avec l'idée de poursuivre ses études pour devenir styliste : la confection de robes en feuilles d'arbres, lorsqu'elle gardait les vaches avec Mathias, l'ayant peut-être inconsciemment influencée !

## Premier emploi ou les demoiselles de la poste

Pour arriver à financer du moins, en partie, ses futures études, qui s'effectueraient dans une école privée à Lyon, Marie se mit à la recherche d'un emploi pendant les longues vacances d'été.

Elle en trouva facilement au central téléphonique d'Yssingeaux, en tant qu'auxiliaire remplaçante.

« Mademoiselle Legrain, vous devriez passer un concours pour rentrer à la poste, intelligente comme vous l'êtes, vous seriez vite en haut de l'échelle », lui dit quelque temps plus tard la surveillante.

Bien que flattée par cette appréciation, cette dernière n'était pas du tout attirée par ce genre de travail. Elle le faisait uniquement pour gagner un peu d'argent, mais s'y ennuyait beaucoup.

Ayant hérité en partie du caractère entier de son père, elle répondait parfois un peu trop vertement aux réflexions acerbes et injustes de certains abonnés, agacés de trop avoir attendu leurs communications. En effet, aux heures de pointe, le trafic étant intense, et les circuits téléphoniques trop souvent insuffisants, les clients, ne connaissant pas leurs difficultés, finissaient quelquefois par s'énerver.

« Du calme, du calme, Mademoiselle Legrain, vous me

faites penser à un  pur sang tant physiquement que moralement d'ailleurs ! » lui disait alors la surveillante, lorsqu'elle la surprenait à répondre un peu top vivement.

Marie regrettait aussitôt de s'être emportée, se promettait de faire mieux la prochaine fois et recommençait immanquablement, tant il est vrai que si vous chassez le naturel, il revient au galop !

Un jour, il y eut une grosse inondation de la Loire dans deux petites villes desservies par le central téléphonique d'Yssingeaux, ceci au moment où les campings étaient pleins de touristes.

Pendant plusieurs heures, la surveillante donna l'ordre de servir en priorité les abonnés de ces deux localités en détresse : les "demoiselles de la Poste" devant même couper les communications non urgentes, si on avait besoin des circuits pour les sinistrés. Marie possédant une âme de Saint-Bernard, s'en donna à cœur joie, ce jour-là, pour participer au sauvetage de tous ces gens en péril.

## Marie retrouve enfin Mathias

« Tu ne veux pas en faire une bonne sœur quand même ! », dit Roger au père Legrain, en parlant de Marie, que ce dernier refusait toujours de laisser sortir.

Le père, qui pourtant n'avait pas l'habitude de se laisser dicter sa loi, surtout par quelqu'un de plus jeune, marqua un temps de réflexion, et finit par répondre :

« T'as peut-être bien raison. Elle a dix-huit ans, et puis elle a réussi ses bacs, alors, à condition que tu l'accompagnes, toi ou un autre de ses frères, elle pourra aller danser le dimanche après-midi. Mais, attention, qu'elle rentre de bonne heure et qu'elle se tienne comme il faut. »

Roger ayant fait vingt huit mois de guerre en Algérie où il avait maintes fois risqué sa vie, était devenu, aux yeux de son père, un homme à part entière. C'est la raison pour laquelle il accepta que ce dernier lui parle ainsi.

Marie avertit Colette par courrier, et elles se retrouvèrent les dimanches suivants au bal dans les environs : mais toujours pas de Mathias !

« Tu les tombes tous, j'en suis un peu jalouse moi ! lui fit remarquer au bout de quelques sorties, Colette, légèrement attristée d'avoir, peut-être, un peu moins de succès.

– Tu as bien tort d'être jalouse ; d'abord, je ne t'ai jamais vue faire tapisserie, ensuite, tu sais très bien qu'il n'y en a qu'un qui m'intéresse. Mais je commence bien à me demander si je le reverrai un jour ! Et puis, je n'ai plus dix ans, je réalise qu'il est bien trop riche pour moi, et qu'il peut facilement trouver une jolie fille dans son milieu !

– Té, té, té, tu sais très bien qu'il n'y a que toi qui lui plaît, il te l'a assez répété dans ses lettres ! Et puis, les filles de son milieu, comme tu dis, ne sont pas toujours bien intéressantes ; tu as bien dû remarquer au Collège qu'elles ont souvent été trop gâtées, et sont devenues de petites pestes snobs et égoïstes ! »

Les deux jeunes filles continuèrent à se retrouver au bal, Marie toujours chaperonnée par un de ses frères. Ces derniers lui faisant confiance, et ne voulant pas la ridiculiser, se faisaient très discrets.

L'ambiance ne lui plaisait qu'à moitié, certains garçons buvant un peu trop d'alcool ; quant au flirt avec le premier venu, comme cela se pratiquait couramment autour d'elle, cela ne l'intéressait pas du tout : se laisser embrasser et serrer de près par n'importe qui, ce n'était vraiment pas son genre. Le père Legrain pouvait dormir tranquille, la vertu de sa fille n'était pas en danger !

Puis, ce fut la vogue à Beauzac ; Marie dansait avec le même garçon en tout bien, tout honneur, depuis un moment, lorsque ses yeux se portèrent sur un grand jeune homme blond, à la carrure athlétique, possédant de magnifiques yeux bleus. Ce dernier, planté dans un coin, apparemment tout seul, l'observait lui aussi. Le cœur de Marie ne fit qu'un bond dans sa poitrine, ses mains devinrent moites, et elle n'entendit plus son cavalier qui continuait à lui parler, ne s'étant aperçu de rien : Mathias était là, du moins le jeune homme en question lui ressemblait étrangement, bien qu'il ait considérablement grandi depuis leur dernière entrevue. A la fin de la danse, elle rejoignit Colette, ayant l'impression de flotter sur un petit nuage, la tête complètement à l'envers.

« Qu'est ce qui t'arrive ? lui demanda aussitôt cette dernière, la voyant toute retournée.

– Il est là ! Regarde discrètement le grand blond, à droite de la porte, je crois bien que c'est lui.

– Oh, ce qu'il est beau, et bien, je comprends maintenant pourquoi il te plaît autant ! »

L'orchestre entama une marche, et Marie, comme dans un rêve, vit Mathias s'approcher d'elle et lui demander avec son plus beau sourire :

« Vous dansez, mademoiselle Marie, car, je ne me trompe pas, tu es bien Marie Legrain. »

Aucun son ne pouvant sortir de sa bouche, elle se contenta d'acquiescer de la tête, et de le suivre sur la piste de danse.

« Ce que tu as grandi, mais dis donc, tu étais mignonne, mais alors maintenant, tu es ravissante !

– Je crois bien que je peux te retourner le compliment ! répondit cette dernière en riant, retrouvant peu à peu ses esprits.

– Tu sais, je commençais à désespérer de te revoir, pourtant, crois-moi, je ne t'ai jamais oubliée. Si tu savais le nombre de fois où j'ai pu penser à toi. Souvent j'ai eu envie de t'écrire chez toi, mais connaissant le caractère de ton père, j'ai eu peur de te faire disputer.

– Moi, je pensais te rencontrer l'été, sur le marché à Yssingeaux. Mais tu semblais avoir disparu de la région.

– Ces dernières années, je suis parti pendant tout l'été en Angleterre, ou en Espagne pour me perfectionner dans les langues. C'est le premier été où je reste ici. »

Puis l'orchestre attaqua une série de tangos et de slows. Les deux jeunes gens devinrent alors silencieux, comme subitement intimidés l'un par l'autre. En entendant la chanson de

Pétula Clark : “Chariot”, Mathias resserra son étreinte et Marie qui, jusqu’à présent, avait l’habitude de repousser ses cavaliers lorsqu’ils devenaient un peu trop entreprenants, se laissa aller, ivre de bonheur.

Lorsqu’il lui proposa de sortir, elle accepta aussitôt. Main dans la main, ils marchèrent un moment, toujours sans parler. Quand le jeune homme la prit dans ses bras pour l’embrasser tendrement, Marie fut submergée par une émotion intense, qu’elle n’avait jamais ressentie auparavant : tout son être était bouleversé.

« Je t’aime, lui murmura ce dernier, et je crois bien que c’est depuis que tu m’as invité à jouer à la marelle ! ajouta-t-il en souriant.

– Je t’aime aussi, répondit la jeune fille », éperdue de bonheur.

Tous les soirs en quittant son travail, Marie retrouvait le jeune homme qui l’attendait devant la sortie, le sourire aux lèvres. Ils s’en allaient alors marcher dans la campagne, serrés l’un contre l’autre, évoquant leurs souvenirs d’enfance, s’embrassant fréquemment avec un plaisir toujours renouvelé.

Puis, Mathias la raccompagnait en voiture chez elle, avant l’heure du souper, prenant soin de la laisser un peu avant sa maison, afin que le père Legrain ne les voie pas ensemble.

Ils se retrouvaient également tous les dimanches pour aller danser tendrement enlacés.

« Jolie demoiselle, j’ai bien peur que beaucoup de garçons m’envient d’être avec vous ! » lui fit remarquer un jour le jeune homme, d’un ton qui se voulait cérémonieux.

« Je crains fort monsieur, que la réciproque soit vraie ! » lui répondit alors Marie en riant.

En effet, bien qu’étant toujours main dans la main partout où ils se trouvaient, il arrivait que quelque garçon vienne encore inviter Marie à danser, ou que quelque jeune fille effrontée dise tout fort en passant près de Mathias : « Oh, qu'il est beau ! » Cela laissait les deux amoureux complètement indifférents, ils étaient seuls au monde !

« J'ai appris que tu fréquentes le fils Deschêne, tu crois au père Noël, ma petite ! Tu t'imagines peut-être qu'il va se marier avec toi ! Réveille-toi, on est bien trop pauvres pour ces gens là ! Et t'avise pas de m'amener "un petit bâtard", je crois que j'aimerais encore mieux te savoir morte que de me faire une honte pareille ! » lui dit le père Legrain d'un ton cinglant, un soir à souper.

Puis, se tournant vers sa femme : « Tâche moyen de faire entendre raison à ta fille, sinon ça ira mal ! »

Marie s'enfuit en pleurant dans sa chambre où sa mère la rejoignit un moment après.

« Ton père pense pas ce qu'il t'a dit, mais tu sais comme il est fier, et puis il a peur pour toi aussi. Moi, je te fais confiance, je sais que tu feras pas de bêtise. Mais tâchez moyen de ne pas trop vous faire voir ! »

Dès qu'elle retrouva Mathias, la jeune fille lui fit part des réflexions de son père.

« Ma petite Marie, je sais bien que tes parents ne sont pas riches, je les connais depuis que je suis tout petit ! Mais moi, l'argent, je m'en fiche, c'est toi et toi seule qui me plaît. Et puis tu sais l'argent, un jour on en a, et il arrive que le lendemain on n'en ait plus ! Cela s'est vu plus d'une fois !

Alors ne te fais pas de soucis pour cela. Je t'aime, je crois bien que je t'aimerai toujours. C'est toi que je veux et personne d'autre, mets-toi bien ça dans ta jolie petite tête ! Et puis, si tu veux, j'irai lui parler à ton père, mais comme je n'ai pas fini mes études, j'ai peur qu'il ne me prenne pas au sérieux » , lui répondit ce dernier en la serrant très fort contre lui.

En octobre, ils se retrouvèrent tous les deux à Lyon : lui en faculté, elle à son école de stylisme.

Les parents de cette dernière n'ayant pas les moyens financiers pour payer l'école et la pension, ce fut Thérèse, sa grande sœur, qui l'aida. D'ailleurs, dans la famille Legrain, dès que les aînés commençaient à gagner leur vie, tout naturellement ils aidaient financièrement les plus jeunes à poursuivre leur scolarité : on n'était pas riche, mais on se serrait les coudes !

Marie se retrouva avec une majorité d'élèves issus d'un milieu plutôt aisé. Au début, elle se sentit très complexée, mais assez rapidement, elle se rendit compte qu'ils n'étaient pas forcément plus intelligents qu'elle. La directrice était, chose inattendue, quelqu'un de très simple ; et avait de nombreuses affinités avec la jeune fille pour tout ce qui concernait la nature.

Marie logeait dans un foyer de jeunes filles, car bien entendu, il était hors de question que le père Legrain accepte, que sa fille qui était encore mineure, loue un studio en ville, toute seule.

L'ambiance était bon enfant, et Marie s'y fit rapidement des camarades.

« T'es drôlement bien foutue, t'as un corps fait pour l'amour, etc. », lui répétait souvent l'une des pensionnaires qui venait la voir le soir dans sa chambre.

Marie, gênée par tous ces compliments qu'elle trouvait déplacés dans la bouche d'une jeune fille, finit par en parler à une camarade qui vivait là depuis longtemps.

« Mais tu n’as pas compris ? lui rétorqua celle-ci.

– Non, que dois-je comprendre ?

– Mais c’est une lesbienne ! »

Voyant que cette dernière ne réalisait toujours pas, elle lui expliqua alors en détail. Et oui, Marie avait maintenant dix-neuf ans passés, et ne savait pas que cela existait ! Il faut dire que ce genre de chose “ne courait pas les chemins” dans sa campagne natale !

Rougissante, elle s’en ouvrit à Mathias qui venait la chercher dès qu’ils étaient libres tous les deux.

« Je reconnais bien là ma petite Marie, pure et naïve, et c’est aussi pour cela que je l’aime ! mais, il faut reconnaître que ta copine a bon goût, bien qu’elle le dise dans des termes un peu trop crus ! » répondit ce dernier en riant.

Main dans la main, ils se promenaient le long des quais du Rhône et de la Saône, montaient à Fourvière, s’embrassaient sur les bancs publics de la place Bellecour, etc... faisant mille projets pour l’avenir et ne voyant pas le temps passer.

Près de lui, Marie avait l’impression d’être au paradis : une douce euphorie l’habitait, tout lui semblait merveilleux.

Elle aimait tout en lui : son physique, bien entendu, mais surtout sa grande simplicité, sa moralité, sa douceur, son intelligence, et le fait qu'il continuait à la respecter, malgré la formidable attirance qui les poussait l’un vers l’autre.

A ses yeux, aucun autre garçon n’était capable de rivaliser avec lui. Par contre, quelquefois, lorsqu’elle se retrouvait seule, elle était prise de doute, consciente qu’il existait des filles aussi jolies qu’elle, voire bien plus, qui ne demanderaient pas mieux que de lui tomber dans les bras. Mais, c'était surtout le fait qu'il appartienne à une famille aisée qui l'ennuyait par dessus tout. Elle se rendait compte que le père Deschêne ne l'accepterait sûrement pas : il y avait un fossé infranchissable entre les deux familles ! Comme elle aurait aimé qu'ils soient du même milieu tous les deux. Elle ne reniait pourtant pas ses origines, car, pour elle, la pauvreté n'était pas un vice ; en outre, en prenant de l'âge, et en côtoyant les autres, elle avait de plus en plus conscience des qualités morales de ses parents. Mais le monde étant ce qu'il est, elle tremblait parfois pour son amour.

Ils revenaient le plus souvent possible au pays, n'appréciant pas les grandes villes, ni l'un ni l'autre, et se retrouvaient le dimanche pour aller danser, comme pendant l'été.

Marie reprit son travail à la Poste pendant les vacances d'été, et Mathias était toujours là, le soir, l'attendant à la sortie, de plus en plus amoureux.

## La rupture

Puis vint une nouvelle rentrée scolaire à Lyon. Vers la fin de l'année, le jeune homme parut soudainement soucieux, il parlait moins, ne plaisantait plus, était plus distant. Marie craignant la réponse, n'osait pas lui demander ce qu'il avait.

« Il faut que je te parle, c'est fini nous deux », lui assena-t-il un soir, n'osant pas la regarder.

La jeune fille eut l'impression qu'on venait de lui planter un poignard dans le cœur. Eperdue de chagrin, elle qui pourtant était fière de nature, éclata en sanglots, tout en lui demandant pourquoi.

« Je ne sais plus où j'en suis, je me suis peut-être trompé sur mes sentiments, mais je tiens à préciser que je n'ai rien à te reprocher et que je ne te laisse pas pour une autre » bafouilla-t-il lamentablement.

« Mais j'aimerais bien qu'on reste copains, ajouta-t-il.

– Ça, il n'en est pas question ! » lui répondit la jeune fille en colère, révoltée par tant de désinvolture.

Elle s'enfuit aussitôt séchant tant bien que mal, ses larmes, le laissant tout penaud, sur le bord du trottoir.

En arrivant dans sa chambre, elle s'écroula en pleurs sur son lit, se demandant si elle était en train de faire un cauchemar ou si c'était la réalité. Comment Mathias, en qui elle avait une confiance totale, qu'elle aurait suivi jusqu'au bout du monde, les yeux fermés, qu'elle aimait par dessus tout, qui lui avait juré maintes et maintes fois son amour, comment était-ce possible qu'il ne l'aime plus ? C'était fou, invraisemblable, inhumain, incroyable,... et pourtant c'était ce qu'il venait de lui dire !

Ce soir-là elle ne se joignit pas à ses camarades de foyer pour aller souper. D'ailleurs, elle n'aurait rien pu avaler, elle avait la gorge bien trop serrée, et puis, elle ne voulait pas afficher sa peine devant tout le monde.

Elle pleura une grande partie de la nuit, et finit par s'endormir au petit matin, abrutie de fatigue et de chagrin. Quand vint l'heure de se lever, elle en fut incapable, et resta dans son lit, n'ayant plus qu'une envie : dormir, dormir, pour oublier, pour ne plus penser, pour ne plus souffrir atrocement. Mais le sommeil ne vint pas. Elle resta là, prostrée, les yeux fixés au plafond, la tête et le cœur vides, réalisant que du paradis, elle venait brutalement de chuter en enfer !

Comment allait-elle faire pour vivre maintenant ? Elle n'avait plus de goût à rien. Sans Mathias, la vie devenait stupide, inutile, sans attrait.

A midi, les yeux rougis d'avoir tant pleuré, elle n'alla toujours pas manger, se contentant de boire un verre d'eau du robinet.

Deux de ses camarades, intriguées par son absence, vinrent la voir.

« Mais qu'est-e qui t'arrive, t'as vu dans quel état tu es ? » s'inquiéta l'une d'elles.

Elle leur expliqua alors brièvement que Mathias venait de rompre avec elle.

« Mais ce n'est pas possible, il semblait fou de toi, c'est bien simple, il n'avait d'yeux que pour toi, il ne nous voyait même pas, c'en était vexant », ajouta-t-elle, essayant de la faire rire.

Marie manqua l'école toute la journée et refusa encore d'aller souper le soir. Il en fut ainsi pendant trois ou quatre jours. Elle se contentait d'un peu d'eau et de quelques fruits que ses camarades lui apportaient. La nuit, le sommeil qu'elle souhaitait plus que jamais trouver pour oublier jusqu'à sa propre existence, la fuyait rendant les heures interminables.

La directrice du foyer, informée par ses camarades que cette dernière refusait de s'alimenter et n'allait plus à ses cours, vint la voir.

« Vos camarades m'ont un peu expliqué votre problème. Croyez bien que je vous comprends, bien que je ne sois pas mariée. Mais il faut réagir, et je vous connais maintenant depuis assez longtemps, pour savoir que vous êtes une jeune fille courageuse et méritante. Quant au jeune homme qui venait souvent vous chercher, je trouve qu'il avait “très bonne façon” et me paraissait très bien élevé. Il doit avoir une raison grave pour avoir agi ainsi. Si cela vous fait du bien, confiez-vous à moi, comme à une maman. Car, bien que n'ayant pas d'enfant, je me considère un peu comme une maman de remplacement pour vous toutes » dit-elle à Marie, avec un gentil sourire.

La jeune fille qui se contenait autant qu'elle le pouvait pour ne pas pleurer devant elle, éclata au contraire de plus belle en sanglots, émue par tant de gentillesse et de compréhension. Elle lui expliqua alors qu'elle pensait que Mathias l'avait abandonnée à cause de leur différence sociale.

« Oh, mon petit, si c'est pour une histoire comme ça, c'est bien dommage, car je sais que vous êtes une fille bien. Vous savez, j'en ai vu défiler des jeunes chez moi, j'ai de l'expérience, et j'ai vite vu à qui j'ai à faire. Je peux vous assurer que vous avez toute mon estime et ma sympathie. A mon avis, ce jeune homme doit être ou très influençable, ou bien sa famille lui fait un chantage impossible ! Si vous le désirez, je peux le convoquer pour discuter avec lui.

– Ah non, madame, j'aurais bien trop honte, s'il se range du côté de sa famille, c'est qu'il est du même avis qu'eux, parce que, si c'était moi, personne au monde n'aurait pu m'obliger à le laisser !

– Je reconnais bien là votre impulsivité naturelle, mais ne jugez pas trop vite, vous êtes bien jeune pour cela, et puis vous n'avez peut-être pas toutes les données. Vous savez, je suis beaucoup plus âgée que vous, j'en ai vu d'autres dans la vie ! Et je sais que ces histoires d'argent, que personnellement je déplore, existent bel et bien dans certains milieux. Mais reprenez espoir, tout n'est peut-être pas perdu. Il s'apercévra sûrement que, malgré toutes ces pressions qu'on exerce sur lui, il ne peut pas vous oublier, et il reviendra. Et si ce n'était pas le cas, vous savez bien que vous avez tout pour plaire, et bien, que diable, il y a sûrement d'autres garçons intéressants sur la terre ! »

« Maintenant, vous allez me faire le plaisir de vous lever, de faire votre toilette et de vous habiller, ensuite, nous irons ensemble prier à notre petite chapelle : Dieu nous entendra certainement. Je vous attends, et je ne partirai que lorsque vous serez prête pour me suivre ! »

Devant tant de gentillesse, Marie ne put qu'obéir.

Bien que n'étant plus pratiquante pour diverses raisons, elle croyait ferme en un créateur universel !

De tout son cœur, elle pria pour que son amour lui revienne : Dieu ne pouvait pas rester insensible, lui seul connaissait la force et la pureté de son amour pour Mathias.

« Maintenant, vous allez me promettre de venir bavarder avec moi, lorsque vous aurez trop le cafard, cela ne me dérangera absolument pas, bien au contraire. D'ailleurs, c'est aussi mon devoir d'essayer de soulager la peine de mes pensionnaires, quand je le peux, ajouta cette brave femme, lorsqu'elles sortirent de la chapelle.

– Merci, madame, vous êtes tellement gentille ! lui répondit Marie émue jusqu'aux larmes, tout en s'approchant spontanément pour l'embrasser.

– Allez, mon petit, du courage, demain matin, il faudra retourner à votre école. Je sais que vous êtes une bonne élève. Vous n'allez pas tout gâcher maintenant, alors qu'il ne vous reste que quelques mois avant de passer votre diplôme. Vous le regretteriez le restant de votre vie. Et puis, pensez à la peine que vous feriez à vos parents ! »

Marie la quitta, essayant de sourire à travers ses larmes, pour lui montrer sa gratitude. Dans son désert affectif, il y avait quand même une main qui se tendait, qui ne l'abandonnerait pas !

Après une nuit peuplée de cauchemars, elle eut le courage de se lever, et de reprendre le chemin de l'école. Faisant des efforts surhumains, elle essaya de s'intéresser aux cours qui, habituellement, la passionnaient. Désormais, elle avait toutes les peines du monde à fixer son attention, ses pensées s'évadant toujours vers Mathias : son soleil qui, soudainement, lui devenait aussi inaccessible que celui qu'elle essayait d'attraper au fond du lavoir, lorsqu'elle avait quatre ans !

La directrice de l'établissement s'étant aperçue de son absence, et de son inhabituel manque d'intérêt pour le stylisme qu'elle enseignait elle-même, et où Marie excellait jusqu'à présent, la prit à part, un soir après les cours.

« Qu'est-ce qui vous arrive, mademoiselle Legrain, vous qui étiez la joie de vivre, je vous retrouve complètement anéantie ? »

La jeune fille, très pudique de nature, et refusant de raconter sa vie à tout le monde, baissa simplement la tête, gênée.

« A votre âge, cela ne me surprendrait pas que ce soit un chagrin d'amour ! » suggéra-t-elle alors.

Malgré elle, Marie fondit encore en larmes, prouvant ainsi à cette femme qu'elle avait vu juste. Après s'être informée de l'âge du jeune homme, et n'obtenant aucun autre renseignement, cette dernière ajouta :

« C'est peut-être une chance pour vous qu'il veuille s'amuser un peu avec d'autres maintenant, parce qu'à vingt ans à peine, un garçon est trop jeune pour s'engager définitivement ; il risquerait, plus tard, de faire la crise de la quarantaine, regrettant de ne pas avoir profité de sa jeunesse ! Mais, avec toutes les qualités que vous possédez, il faudrait qu'il soit fou pour ne pas revenir vers vous. Croyez-moi, peu de filles vous valent, tant physiquement que moralement d'ailleurs, et je parle par expérience ! Et surtout, ne gâchez pas vos études, vous savez bien que vous êtes une de mes meilleures élèves. Je ne voulais pas vous en parler tout de suite, mais je vais quand même le faire, vu les circonstances, pour vous encourager... Voilà, j'envisage d'agrandir mon école, et l'an prochain, j'aurai besoin de deux nouveaux professeurs de stylisme. J'avais déjà pensé à vous et à votre camarade Liliane, qui est douée, elle aussi. Pour cela, je vous propose d'aller faire un stage de perfectionnement gratuit à Paris, chez un de mes amis styliste renommé dans l'univers de la haute couture. Pour une somme modique, vous pourrez même loger au dessus des bureaux, avec Liliane. Ensuite, je vous demanderai de venir passer une quinzaine de jours avec moi, afin que je finisse de vous former. Ainsi, je pense que vous serez prête à enseigner dès que les élèves arriveront, fin octobre. Mais vous comprenez bien qu'il faut d'abord réussir votre diplôme à la fin de l'année, alors ce n'est pas le moment de flancher ! » termina-t-elle avec un sourire encourageant.

Marie, qui de par son éducation, avait toujours tendance à se sous-estimer, fut surprise des propos qu'on venait de lui tenir.

Remerciant sa directrice du fond du cœur, elle reprit le chemin du foyer, avec un peu de baume au cœur.

Après avoir bien réfléchi à tout ce que ces deux femmes lui avaient dit, elle décida de s'accrocher à son travail et d'essayer de ne penser à rien d'autre. Mais c'était plus facile à dire qu'à faire : la pensée de Mathias, le visage de son bien-aimé l'obsédaient, particulièrement la nuit, quand le sommeil la boudait.

Lorsqu'elle revint à la maison pour les vacances de Noël sa mère et Thérèse lui tinrent à peu près le même langage. Elle essaya au maximum de cacher sa peine, afin de ne pas trop chagriner sa mère, qu'elle savait déjà malheureuse avec un mari bien trop dur pour elle. Quant à ce dernier, elle se garda bien de lui en parler, connaissant à l'avance sa réponse.

« D'habitude, quand un garçon laisse tomber une fille, c'est pour une autre, mais là ce n'est pas le cas. En plus, il t'a affirmé que lui, l'argent il s'en moque ; alors il doit avoir un autre problème. Mais pourquoi ne t'en a-t-il pas parlé, là je ne comprends pas ! Ce dont je suis à peu près sûre, c'est qu'il t'aime toujours, le contraire me semble impossible. Il t'a raconté n'importe quoi. Si j'osais, j'irais lui parler, moi, il finirait bien par me dire ce qui se passe ! dit Colette à son amie lorsqu'elle fut au courant.

– Ah non, sûrement pas, il croirait bien que je lui cours après !

– N'empêche que dimanche, tu vas me faire le plaisir de venir danser avec moi, tu ne vas pas rester à ruminer dans ton coin ; et puis, essaye de le rendre un peu jaloux, c'est payant parfois !

– Alors là, ça ne fait pas partie de mes méthodes, tu sais très bien que je suis incapable de sortir avec quelqu'un qui ne me fait ni chaud, ni froid ! Et puis je n'ai pas du tout envie de me forcer. »

Malgré tout, elle suivit Colette au bal le dimanche d'après, espérant au fond de son cœur, y retrouver Mathias. Mais l'après-midi passa sans qu'il se manifeste. Bien sûr, de nombreux jeunes hommes vinrent l'inviter à danser, mais elle fut incapable de faire ce que sa camarade lui conseillait, le tromper lui semblant être un sacrilège.

Le cœur en déroute, elle reprit ses cours, s'obligeant à ne plus penser qu'à son travail scolaire. De temps en temps, elle sentait le regard inquiet de sa directrice posé sur elle, et y répondait par un timide sourire.

Lorsqu'elle avait vraiment trop le cafard, elle allait prier dans la petite chapelle du foyer, pour en ressortir quelques instants plus tard avec un certain sentiment de paix.

Malheureusement, cela était de courte durée, la pensée de Mathias continuant à l'obséder, lorsqu'elle n'était plus penchée sur ses devoirs.

La directrice de la pension l'invitait souvent à venir bavarder un moment avec elle dans son bureau, ayant remarqué que la jeune fille n'osait pas y aller d'elle-même.

De temps en temps, ses camarades du foyer l'emmenaient, presque de force, danser avec elles, les week-ends où la jeune fille ne revenait pas au pays natal. Marie était alors très surprise en constatant qu'elle avait autant de succès que dans ses petits bals de campagne ; déjà peu sûre d'elle de nature, elle l'était encore bien moins depuis sa rupture, se posant mille questions sur son physique, son caractère, etc...

Elle en revenait un peu rassurée quant à son pouvoir de séduction. Mais malheureusement cela lui donnait à méditer de façon aiguë sur la citation de Lamartine : « Un seul être vous manque et tout est dépeuplé ! »

A Pâques, elle revint chez elle. Le printemps qui était sa saison préférée, la laissa indifférente : un voile terne recouvrait la terre entière depuis que Mathias l'avait abandonnée.

Le soleil n'avait plus le même éclat, les fleurs n'étaient plus aussi jolies...

Colette l'entraîna encore une fois au bal. Elle eut la surprise d'y apercevoir Mathias. Ce dernier était seul, il semblait triste et indifférent à tout. Il ne parla à personne et s'en alla au bout de quelques minutes. Marie n'osa pas l'aborder, mais ce dimanche-là, elle rentra chez elle encore plus triste, le fait de l'avoir vu ayant attisé sa peine.

« J'ai rencontré Zandou, il m'a expliqué que monsieur Deschêne aurait mis en vente plusieurs de ses propriétés. Et, soi-disant, il court des bruits comme quoi le ménage de sa fille à Paris marcherait mal. A Queyrières, ça fait beaucoup parler ; les gens se demandent ce qui se passe. Mais, bien qu'il y ait pas de fumée sans feu, moi je me méfie des cancans : y en a qui parlent que par jalousie ! » annonça le père à sa famille le jeudi en arrivant du marché d'Yssingeaux.

Marie écouta sans rien dire, mais se demanda, par la suite, si tout cela ne serait pas à l'origine du comportement de Mathias.

Fin juin, elle eut la joie d'apprendre qu'elle était reçue à son diplôme de styliste. La proposition que sa directrice lui avait faite quelques mois auparavant l'intéressant, elle décida de partir faire le stage conseillé à Paris.

Avant qu'elle s'en aille, Colette l'emmena une fois de plus au bal avec elle. Quand elles arrivèrent, Mathias était déjà là, dansant... joue contre joue avec une autre fille. Piquée au vif dans son orgueil, un sentiment de révolte envahit Marie. Elle décida aussitôt de lui rendre la monnaie de la pièce. Cela lui fut facile, elle n'avait que l'embarras du choix, les cavaliers ne lui manquant pas.

Elle choisit l'un des plus beaux parmi ceux qui la sollicitaient, et au bout d'un moment, accepta que ce dernier l'enlace de plus près, la colère lui donnant la force d'accepter ce dont elle se croyait incapable il n'y avait pas si longtemps ! Mais le cœur n'y était pas, et elle lutta de toutes ses forces pour ne pas s'enfuir en pleurant comme elle en avait tant envie. Le lendemain, elle prit le train pour rejoindre sa camarade de classe, Liliane, à Paris.

En début de stage, Marie était toute intimidée, mais rapidement, elle prit de l'assurance, constatant que son travail était apprécié par le grand couturier.

Un beau soir, une collègue l'invita à aller boire quelque chose dans un "bistrot" de la rue. Très à l'aise, celle-ci se dirigea vers le bar, et se jucha sur un haut tabouret. Vêtue d'une robe fourreau, comme c'était la mode au début des années soixante, et qui mettait ses formes harmonieuses en valeur, Marie ne passa pas inaperçue : la majorité des hommes présents la déshabillait du regard ! Très gênée, elle inventa une excuse pour se sauver de cet endroit où elle n'était vraiment pas à son aise !

« Oh, tiens, je viens de voir passer mon frère. Il doit venir m'attendre, excuse-moi, mais il faut que j'y aille », dit-elle alors le plus naturellement possible, à sa collègue, en s'esquivant aussitôt, le feu aux joues.

Un samedi soir, une camarade les emmena, elle et Liliane, danser dans une cave à Saint-Germain-des-Prés.

En arrivant dans ce trou plein de fumée de cigarettes, faiblement éclairé par des lumières tamisées, où Marie distinguait à grand peine les visages blafards des danseurs, elle eut l'impression d'atterrir dans la succursale de l'enfer !

Là encore, des surprises l'attendaient : certains garçons dansaient ensemble, tendrement enlacés, parfois maquillés à outrance !

« T'es vachement bien roulée, on ne doit pas s'ennuyer avec toi dans un lit ! » lui dit un de ses cavaliers, au bout de quelques danses.

Suffoquée par tant de vulgarité, Marie prit finalement le parti de lui rire au nez, et de le planter au beau milieu de la piste.

Elle alla s'asseoir, refusant toute autre invitation, en attendant nerveusement que ses deux camarades veuillent bien rentrer.

« La prochaine fois, ne compte pas sur moi, pour ce genre de distractions ! » conseilla-t-elle, d'un ton sans réplique, à la fille qui l'y avait entraînée.

Cette expérience lui fit regretter encore plus amèrement le temps où elle était avec Mathias ; lui, au moins, se montrait respectueux à son égard. Mais peut-être était-il devenu comme tant d'autres maintenant, étant donné que la dernière fois, où elle l'avait vu, il ne se gênait pas pour flirter !

Une fois de plus, elle s'endormit triste, en pensant à lui.

Elle profita de son séjour dans la capitale pour la visiter avec son frère Albert qui, effectivement y travaillait à cette époque. Le soir, après leur journée, ils aimaient particulièrement aller flâner à Montmartre, admirant les artistes qui peignaient ou jouaient d'un instrument de musique, appréciant le côté bohème de l'endroit. Albert l'emmena visiter tout ce qui est à voir  dans la grande ville, et finalement les deux mois de stage passèrent plus vite qu'elle ne l'avait craint.

« Je  l'ai bien vu plusieurs fois, mais il ne reste jamais bien longtemps avec la même fille, à croire qu'il ne sait pas ce qu'il veut ! Et puis, entre nous, il n'y en a pas une qui te vaille, je ne comprends pas ce qu'il leur trouve », expliqua Colette à la jeune fille après que cette dernière lui eût demandé si elle avait rencontré Mathias au bal, pendant son absence.

Tous les dimanches de septembre, elle alla danser avec sa camarade. A l'époque, les distractions étant rares à la campagne, c'était le seul moyen de rencontre pour les jeunes.

Décidée à essayer d'oublier Mathias, elle finit pas accepter de sortir avec un beau jeune homme qui lui semblait sympathique et qui lui faisait la cour depuis longtemps.

Au début, sa peine lui parut un peu moins lourde, puis assez rapidement, elle se rendit compte qu'elle s'ennuyait mortellement avec lui, qu'elle pensait toujours à Mathias, et décida de le quitter, afin qu'il ne s'attache pas davantage à elle.

Un dimanche où elle se trouvait sans cavalier attitré, Mathias paraissant être seul aussi, vint l'inviter à danser. Elle aurait voulu refuser, mais une force plus grande que sa volonté l'obligea à lui dire oui.

Tout en dansant, il commença à lui parler de choses et d'autres, pour finalement placer dans la conversation :

« Il y a les filles pour se marier, et les filles pour s'amuser !

– Oui, c'était comme ça au Moyen Age ! » lui répondit aussitôt la jeune fille d'un ton méprisant, en le quittant sur le champ. Manquant toujours d'assurance, elle crut comprendre que ce dernier la classait dans la deuxième catégorie !

Outrée, elle pensa qu'il était devenu un petit bourgeois aux idées étriquées, et se jura de tout faire pour l'oublier.

Fin octobre, elle commença à enseigner le stylisme dans son ancienne école à Lyon. Passionnée par ses cours, elle ne voyait plus passer les jours. Elle choisit de continuer à loger dans le foyer où elle était pensionnaire auparavant, aimant bien la directrice, et s'y étant faite plusieurs camarades. Ainsi, elle ne se retrouvait pas toute seule le soir, à broyer du noir.

Fidèle à sa résolution d'oublier son premier amour, elle essaya de s'attacher à un beau garçon qui terminait ses études d'ingénieur et qui semblait très amoureux d'elle. Mais ce fut en vain. Malgré elle, et à son grand dépit, son cœur était ailleurs. Une fois encore, elle préféra rompre, afin que ce dernier ne souffre pas trop. Elle en rencontra d'autres qu'elle envoya rapidement promener, ces derniers se montrant trop entreprenants à son goût !

Pendant les vacances de Noël, se retrouvant une fois encore au bal avec Colette, elle rencontra à nouveau Mathias. Ce dernier était seul, et dès qu'il la vit, il vint l'inviter à danser.

Bien que s'étant promise de ne plus lui adresser la parole, elle ne put s'empêcher d'accepter.

« On sort ? lui demanda-t-il rapidement au bout de quelques pas de danse.

– Non ! » eut le courage de lui répondre Marie, bien qu'elle en meure d'envie.

Le jeune homme l'attrapa alors par la main et la tira dehors. Pour ne pas faire de scandale en public, la jeune fille ne dit rien devant les autres danseurs.

Mais, une fois dans la campagne, elle demanda, en colère :

« Pourquoi moi, il y en a le plein bal qui n'attendent que cela !

– Peut-être, mais il n'y a que toi qui me plaît ! »

Marie, persuadée par son attitude récente, un peu trop cavalière, qu'il était devenu trop sûr de lui, rétorqua sèchement :

« Ce n'est pas parce que tu t'appelles monsieur Deschêne, qu'il faut croire que tout t'est permis ! Figure-toi que je ne suis pas un jouet, j'ai un cœur moi ! Si certains ont un portefeuille à la place du cœur, ce n'est pas mon cas. Alors, pour t'amuser, adresse-toi ailleurs ! »

Et, sur ces paroles qui le laissèrent abasourdi, elle le quitta pour rejoindre Colette au bal. En lui jetant un dernier regard, elle fut surprise de lui trouver un air de chien battu qui, malgré elle, lui fit mal.

Entraînant sa camarade dehors, elle se mit à pleurer à

chaudes larmes, tout en lui expliquant ce qui venait de se passer.

« Mais, pourquoi tu lui as parlé ainsi ? » s'indigna Colette.

La jeune fille lui rapporta alors la remarque qu'il lui avait faite quelques mois auparavant, au sujet des filles pour se marier et de celles pour s'amuser.

« Et bien sûr, toi, avec tes éternels complexes, tu as cru qu'il te rangeait dans la mauvaise catégorie ! Mais pourquoi ne m'en as tu pas parlé avant ? T'aurais dû lui demander plus d'explications à l'époque, moi, je crois qu'il essayait de te faire comprendre qu'il s'amusait seulement pour le moment avec les autres. »

Une fois de plus, Marie regretta d'être nantie d'un caractère aussi impulsif. Mais, elle avait beau essayer de s'améliorer, à chaque fois, c'était pareil, elle n'arrivait pas à se contrôler !

Après une nuit passée à pleurer et où elle eut tout le temps de méditer sur les réflexions de Colette, elle en conclut qu'elle s'était peut-être effectivement trompée quant au comportement de Mathias. D'autre part, elle dut bien se rendre à l'évidence, malgré tous ses efforts, elle l'aimait comme au premier jour, et n'arriverait jamais à le déloger de son cœur.

Le surlendemain, elle reprit ses cours à Lyon, ayant pris une résolution : faisant fi de son orgueil, elle était décidée à lui écrire, si elle ne le rencontrait pas dimanche prochain, afin qu'ils s'expliquent une bonne fois pour toutes.

# Marie et son soleil

Mais, quelques jours plus tard, en sortant de ses cours, elle eut la surprise de sa vie : Mathias était là, planté sur le trottoir, devant l'école, vraisemblablement à l'attendre. Dès qu'il la vit, il vint à sa rencontre et lui dit :

« S'il te plaît, viens, il faut qu'on parle tous les deux ». Sans un mot, Marie le suivit jusqu'à sa voiture.

« Je suis à bout, je ne peux plus te jouer la comédie, je t'aime. Je n'ai jamais cessé une seule seconde de t'aimer, et je t'aimerai toujours. Alors, je t'en prie, écoute-moi, laisse-moi t'expliquer.

Je t'ai quittée, parce qu'à l'époque, je ne pouvais pas faire autrement. Tu as sûrement entendu dire que mon père a vendu plusieurs de ses propriétés. C'est pour éponger, en partie, les énormes dettes de mon beau-frère de Paris. Il n'est pas sérieux du tout, c'est un enfant gâté qui dilapide son argent avec le jeu et les femmes. Il a bouffé tout ce qu'il avait, et il est sur la paille. Ma sœur a divorcé et elle se retrouve seule avec deux enfants ! Lorsque mon père a eu vent de la chose, il a commencé à mener une vie impossible à ma mère, l'accusant en plus d'accepter que j'envisage de me marier avec une fille issue d'un milieu modeste. Voyant ma mère en pleine dépression nerveuse, n'étant pas encore majeur, n'ayant pas encore fini mes études ni fait mon régiment, j'ai été dépassé par les événements. En plus, j'avais honte de la mentalité de mon père, et n'osais pas t'en parler. J'ai craqué, pensant que c'était plus honnête de te rendre ta liberté, afin que tu puisses rencontrer quelqu'un de moins compliqué. Quant aux filles avec lesquelles tu m'as vu flirter, je le faisais exprès, afin que tu te décides à sortir avec un autre garçon. Je voulais que tu me détestes et que tu finisses par m'oublier. Si tu savais comme j'ai pu m'ennuyer avec elles, je n'ai jamais cessé de penser à toi. Et, quand je t'ai vue avec d'autres garçons, j'avoue humblement que j'étais terriblement jaloux !

Alors, dimanche soir, quand tu m'as dit ce que tu avais sur le cœur, en rentrant chez moi, j'étais furieux contre mon père et j'ai explosé en le voyant : Tu vas pouvoir dormir tranquille, car maintenant c'est elle qui ne veut plus de moi ! Quant aux oies insipides que tu essayes de me coller dans les bras, dis-toi bien, une bonne fois pour toutes, que je n'en veux pas ! Si je ne peux pas avoir Marie, je resterai célibataire !

Je suis parti dans ma chambre en lui claquant la porte au nez, et... je me suis écroulé en larmes sur mon lit, comme un gamin ! »

Ma mère qui avait assisté à la scène, s'est alors interposée : "Tu as vu dans quel état il est, et tout ça à cause de toi ! Je n'ai rien dit jusqu'à présent, parce que je ne savais pas qu'il aimait cette fille à ce point là. Mais, il ne faudrait pas que tu oublies que tu as eu le même genre de problème avec ma famille, quand nous avons voulu nous marier ! Je ne puis accepter de voir notre fils aussi malheureux ! Quant à cette fille , nous n'avons rien à lui reprocher, bien au contraire. Elle appartient à une famille bien honnête, et elle a plein de qualités ! Alors, si c'est celle-là que Mathias veut, sache que je le soutiendrai jusqu'au bout, que je l'approuverai même, et que rien ne me fera changer d'avis !

Mon père en est resté sans voix : c'était la première fois que ma mère lui tenait tête ! le lendemain matin, il est venu me dire : "Bon, puisque tu ne veux que celle-là, et que ta mère est d'accord avec toi, je ne te contrarierai plus, fais comme bon te semble. Après tout, je suis bien obligé de constater que, parfois, les enfants de riches n'ont pas que des qualités !

– Oh, mais j'étais bien décidé à l'épouser, avec ou sans ta bénédiction ! J'attendais juste d'être majeur et d'avoir fini mes études pour cela, à condition qu'elle veuille encore de moi, ce qui n'est pas sûr du tout ! »

Marie l'avait écouté, sans dire un mot, une joie immense l'envahissant au fur et à mesure qu'il parlait. Une force incontrôlable la poussa dans ses bras, et riant et pleurant à la fois, ils échangèrent un long et tendre baiser qui en disait plus long sur leurs sentiments que toutes les paroles du monde.

« Moi aussi, je t'aime toujours... idiot ! Et comme pour toi, les autres n'ont pas compté », lui répondit alors la jeune fille en riant. Mais pourquoi ne m'as-tu rien dit à l'époque ? A nous deux, nous aurions sûrement trouvé une autre solution que la rupture !

– Je voulais te parler, dimanche dernier, mais tu ne m'en as pas laissé le temps. J'avais l'intention de t'annoncer aussi que je suis exempté du service militaire. Il y a quelques mois, j'ai eu un accident de voiture à Lyon. J'ai été blessé à une jambe. Apparemment, on ne voit rien, mais j'ai un genou esquinté. Il ne faut pas que je fasse de gros efforts dessus, sinon il faudrait m'opérer. Et l'armée ne tient pas à me verser une pension à vie, si, toutefois, il y avait des séquelles ! Alors, si tu es d'accord, et si tu peux me pardonner le mal que je t'ai fait, et que je regrette amèrement, j'aimerais bien qu'on se marie cet été. J'aurai fini mes études, et j'ai quelques économies qui nous permettront de tenir le coup jusqu'à ce que je travaille.

– Il faudra me faire votre demande par écrit, monsieur, afin que j'aie le temps d'y réfléchir ! » répondit la jeune fille en riant et en l'embrassant.

Ce soir-là, elle eut des ailes pour rentrer au foyer où sa mine réjouie étonna ses camarades. Lorsqu'elle leur annonça la bonne nouvelle, tout le monde se réjouit avec elle, la directrice en premier.

Les jeunes gens prirent l'habitude de se retrouver tous les soirs, comme au début de leurs études.

« J'aimerais qu'on ait au moins quatre enfants. Je sais que tu les aimes beaucoup, tu me parles si souvent de tes nièces et de tes neveux sur un ton émerveillé ! Deux garçons et deux filles ne me semblent pas mal, à condition que les filles te ressemblent, lui demanda Mathias en riant.

– Et à condition que les garçons ressemblent à leur papa, bien que le contraire ne serait peut-être pas mal non plus ! lui répondit la jeune fille sur le même ton. »

Revenant tous les week-ends au pays, ils allèrent souvent danser, tendrement enlacés comme autrefois. Ils surprirent beaucoup de gens qui les croyaient définitivement séparés.

Ils décidèrent de se marier en juillet pour les vingt et un ans de Mathias.

Un matin du mois de mars, le père Legrain eut la surprise de voir une belle voiture s'arrêter dans la cour de sa ferme. Monsieur Deschêne en descendit, et tout souriant, s'approcha de lui :

« Bonjour monsieur Legrain, j'aimerais bien vous parler.

– Bonjour monsieur Deschêne, si vous voulez bien vous donner la peine d'entrer, je vous écouterai.

– Et bien voilà, je ne sais pas si vous êtes au courant, mais nous allons être de noce tous les deux ! annonça ce dernier, dès qu'ils furent installés autour de la table de la cuisine.

– De quoi me parlez-vous, monsieur Deschêne ? J'espère que ce n'est pas ma fille qui est obligée de se marier ! répondit ce dernier, devenant tout blême. Je lui avais pourtant bien interdit de fréquenter votre fils, nous ne sommes pas du même monde ! ajouta-t-il en colère.

– Mais non, mais non, père Legrain, il n'est pas question de cela. Ces deux jeunes s'aiment depuis longtemps et je suis bien obligé de reconnaître que mon fils est fou de votre fille. Il n'en veut pas d'autre d'ailleurs ! Pour vous rassurer, je vous avouerai, qu'après réflexion, je commence à être de l'avis de mon épouse, qui approuve complètement le choix de notre fils.

– Mais monsieur Deschêne, vous savez bien que je ne suis pas riche. Je n'ai rien à mettre dans la corbeille de la mariée, moi !

– Père Legrain, vous avez donné une bonne situation à vos enfants, et de nos jours, ça vaut mieux qu'une fortune : l'argent se dilapide, la situation, on la conserve toute sa vie. Et puis, les qualités de votre fille valent bien une dot. C'est ma femme qui m'a demandé de venir vous parler, se doutant bien que Marie n'osait pas le faire. Nous nous ressemblons un peu, vous et moi : je crois que nous avons un sacré caractère, et que, parfois, nous sommes un peu trop durs avec les nôtres !
« Quant à la noce, les jeunes veulent que ce soit simple ; et ils ont décidé de financer eux-mêmes toute la cérémonie. Alors, vous voyez, vous n'avez pas de soucis à vous faire. Surtout, n'allez pas disputer votre fille, je commence à m'y attacher moi aussi, et je n'aimerais pas qu'elle ait de la peine !

– Va chercher une bouteille de vin blanc à la cave, nous avons quelque chose à arroser avec monsieur Deschêne », dit le père Legrain, plus ému qu'il ne voulait le laisser paraître, à sa femme qui revenait du lavoir.

Celle-ci, bien qu'étant informée des projets des deux jeunes gens, n'avait pas encore osé en parler à son époux. Simulant la surprise, mais très heureuse d'apprendre que ce dernier était enfin au courant de l'heureux dénouement, elle s'empressa de servir les deux hommes, amusée de voir les deux despotes trinquer ensemble pour la première fois.

Marie apprit avec soulagement que son père était désormais informé de son prochain mariage et que, finalement, il avait bien réagi.

« Mademoiselle, nous avons un cadeau pour vous, nous espérons que nous ne nous y prenons pas trop tard ! lui annoncèrent ses élèves, suivies de la directrice, début mai, tout en lui tendant un gros carton enrubanné de blanc.

Toute surprise, la jeune fille s'empressa de l'ouvrir et faillit s'évanouir de joie : une splendide robe de mariée s'étalait devant ses yeux.

« A la plus belle des fleurs des champs, avec tous nos meilleurs vœux de bonheur », lut-elle sur le petit carton qui l'accompagnait, et qui était signé de la directrice de son école et de ses élèves.

Ne pouvant plus contenir son émotion, elle éclata en larmes, mais cette fois, c'était des larmes de joie.

Reprenant enfin ses esprits, elle leur dit :

« Ah, je comprends maintenant pourquoi vous insistiez tant pour que je dessine moi-même la robe de mariée du défilé de fin d'année, pourquoi il fallait que je vous serve de mannequin pour les essayages. Et dire que je ne me suis doutée de rien ! Vous m'avez bien eue ! C'est exactement la robe dont je rêvais : le modèle "Fleurs des Champs". Mais je n'avais pas encore trouvé la couturière capable de la réaliser. Vous me faites un plaisir immense. Jamais je ne l'oublierai et, vraiment, je ne sais comment vous remercier ! » termina-t-elle, pleurant et riant à la fois, en embrassant tout le monde.

Marie ne voyait plus le temps passer, et, bientôt, ce furent les vacances d'été. Il était grand temps de songer aux préparatifs du mariage. La jeune fille s'y employa le cœur léger, aidée par sa mère, ses sœurs, mais aussi par sa future belle-mère qui l'entourait de gentillesse, tout en restant humble, comme elle l'avait toujours été.

Seuls, la proche famille et les amis intimes furent invités, afin que la cérémonie se déroule sous le signe de la simplicité comme le souhaitaient les deux jeunes gens. Malgré tout, de nombreux habitants de Queyrières tinrent à assister à la messe de mariage dans la petite église rustique, décorée pour la circonstance, de gros bouquets de marguerites blanches, auxquels se mêlaient quelques fleurs rose pâle d'églantier.

A la fin de l'office, on vit sortir Marie, resplendissante, au bras de Mathias rayonnant et beau comme un dieu. La robe longue de la mariée, en tulle brodé d'une multitude de fleurs champêtres, s'évasait en corolle autour de sa taille très fine. Ses cheveux noirs relevés en chignon romantique, piqué de fines fleurs blanches, mettaient en valeur la pureté de son visage.

Un sourire émerveillé flottait sur ses lèvres. Des milliers d'étoiles dansaient dans la nuit de ses yeux sombres, témoignant de son incommensurable bonheur : Marie avait enfin attrapé le soleil au fond du lavoir, son soleil, qui, tant qu'il brillerait à ses côtés, en ferait la plus heureuse des femmes.

F I N

## NOTES

1. poutous : bisous
2. épines de garnes : petites branches sèches de pin ou de sapin
3. artisous : acariens
4. berbezi : fourmi
5. la charrue avant les bœufs : la fille était enceinte
6. bacha : abreuvoir des vaches
7. andins : rang d'herbe coupée
8. rase : petite rigole d'eau vive
9. coutier : étui en bois contenant la pierre à aiguiser
10. pranière : sieste
11. faines : petits fruits triangulaires du hêtre à l'écorce brune
12. burle : tempête de neige avec vent violent
13. déméloise : cafetière
14. fenestrou : petite fenêtre
15. selle à mouze : tabouret en bois à 3 pieds, spécial pour la traite des vaches.
16. seille : seau spécial en fer blanc pour traire les vaches
17. castou : parc à veaux ou à cochons, dans un coin de l'étable
18. jukor : perchoir de poules
19. curer : enlever les bouses derrière les vaches
20. brasier : chaufferette, boîte à couvercle percé de trous, remplie de braises rouges pour se chauffer les pieds.
21. carreau : métier à dentelles
22. pointes : dentelles
23. padelle : poêle
24. couté-réparatour : couteau pour tailler les sabots
25. rouillou : billot de bois
26. esclops : sabots
27. béate : sœur religieuse
28. sucs : sommets volcaniques
29. garampou : petit chemin qui monte beaucoup
30. cricris : grillons
31. mouneïres : hannetons
32. tuez : ici, éteignez
33. castou : parc
34. coulaïre : grande passoire ronde en métal blanc, aux parois pleines dont le fond rétréci et ouvert était fermé par un linge fin en coton, afin de filtrer les impuretés du lait après la traite.

35. piou-piou : poussin
36. clousse : mère poule
37. être de la classe : être née la même année
38. gâtés : chouchoutés
39. barbines : pommes de sapin ou de pin
40. les deux Mézères : deux petites montagnes juxtaposées près de Queyrières
41. biche : récipient haut et ventru en terre cuite où l'on conservait le lait ou autres denrées.
42. portion : goûter
43. mour blanc : visage blanc
44. piallosses : prunelles sauvages
45. cabasse : caisson en bois, ouvert dessus et devant, permettant de s'agenouiller plus confortablement.
46. émouchine : insecticide dont on aspergeait les vaches
47. biller : serrer très fort
48. se rendre : revenir à la maison
49. reï : roi, parce que peut-être un peu plus « gâté » que les autres.
50. batord : baratte en bois
51. basane : tablier de cuisine en toile grossière
52. paillas : corbeilles rondes en paille tressée de diverses grandeurs.
53. sarassou : lait caillé qui reste dans la baratte, une fois le beurre sorti.
54. treufolade : pommes de terre cuites en robe des champs
55. chazeïre : garde-manger entouré de grillage fin
56. chabrirou : fromage de chèvre
57. patentier : faiseur d'embarras
58. égramenaïre : machine agricole rudimentaire pour écraser les grosses mottes et déraciner le chiendent.
59. physique : magie

## SOMMAIRE

ACHEVÉ D'IMPRIMER
LE 10 MAI 2000
SUR LES PRESSES
DE L'IMPRIMERIE JEANNE-D'ARC
25, RUE DE LA GAZELLE
43000 LE PUY-EN-VELAY

Crédit photos : Editions Pastre, Photosser,
Germaine Llodra-Marcon

Dépôt légal 2e trimestre 2000 - N° d'ordre : 744 - ISBN 2-911794-07-9